E.T.A. Hoffmann
Der Sandmann · Das Fräulein von Scuderi

E. T. A. Hoffmann

Der Sandmann

Das Fräulein von Scuderi
Erzählung aus dem Zeitalter
Ludwig des Vierzehnten

Anaconda

Textgrundlage: *Der Sandmann* folgt der Ausgabe *Nachtstücke herausgegeben von dem Verfasser der Fantasiestücke in Callots Manier. Erster Theil.* Berlin: Realschulbuchhandlung 1817. *Das Fräulein von Scuderi* folgt der Ausgabe *Die Serapions-Brüder. Gesammelte Erzählungen und Mährchen.* Herausgegeben von E.T.A. Hoffmann. Dritter Band. Berlin: Georg Andreas Reimer 1820. Die Texte wurden unter Wahrung der Interpunktion, des Lautstandes sowie sprachlich-stilistischer Eigenheiten der neuen deutschen Rechtschreibung angepasst.

Die Deutsche Bibliothek verzeichnet diese Publikation in der Deutschen Nationalbibliographie; detaillierte bibliographische Daten sind im Internet unter http://dnb.ddb.de abrufbar.

© 2007 Anaconda Verlag GmbH, Köln
Alle Rechte vorbehalten.
Umschlagmotiv: Jean Honoré Fragonard (1732–1806), »La Liseuse« (um 1775), National Gallery of Art, Washington. Foto: akg-images
Umschlaggestaltung: agilmedien, Köln
Satz und Layout: GEM mbH, Ratingen
Printed in Czech Republic 2007
ISBN 978-86647-113-9
info@anaconda-verlag.de

Der Sandmann

Nathanael an Lothar

Gewiss seid ihr alle voll Unruhe, dass ich so lange – lange nicht geschrieben. Mutter zürnt wohl, und Clara mag glauben, ich lebe hier in Saus und Braus und vergesse mein holdes Engelsbild, so tief mir in Herz und Sinn eingeprägt, ganz und gar. – Dem ist aber nicht so; täglich und stündlich gedenke ich eurer aller und in süßen Träumen geht meines holden Clärchens freundliche Gestalt vorüber und lächelt mich mit ihren hellen Augen so anmutig an, wie sie wohl pflegte, wenn ich zu euch hineintrat. – Ach wie vermochte ich denn euch zu schreiben, in der zerrissenen Stimmung des Geistes, die mir bisher alle Gedanken verstörte! – Etwas Entsetzliches ist in mein Leben getreten! – Dunkle Ahnungen eines grässlichen mir drohenden Geschicks breiten sich wie schwarze Wolkenschatten über mich aus, undurchdringlich jedem freundlichen Sonnenstrahl. – Nun soll ich dir sagen, was mir widerfuhr. Ich muss es, das sehe ich ein, aber nur es denkend, lacht es wie toll aus mir heraus. – Ach mein herzlieber Lothar! wie fange ich es denn an, dich nur einigermaßen empfinden zu lassen, dass das, was mir vor einigen Tagen geschah, denn wirklich mein Leben so feindlich zerstören konnte! Wärst du nur hier, so könntest du selbst schauen; aber jetzt hältst du mich gewiss für einen aberwitzigen Geisterseher. – Kurz und gut, das Entsetzliche, was mir geschah, dessen tödlichen Eindruck zu vermeiden ich mich vergebens bemühe, besteht in nichts anderm, als dass vor einigen Tagen, nämlich am 30. Oktober mittags um 12 Uhr, ein Wetterglashändler in meine Stube trat und mir seine Ware anbot. Ich kaufte nichts und drohte, ihn die Treppe herabzuwerfen, worauf er aber von selbst fortging. –

Du ahnest, dass nur ganz eigne, tief in mein Leben eingreifende Beziehungen diesem Vorfall Bedeutung geben können, ja, dass wohl die Person jenes unglückseligen Krämers gar feindlich auf mich wirken muss. So ist es in der Tat. Mit aller Kraft fasse ich mich zusammen, um ruhig und geduldig dir aus meiner frühern Jugendzeit so viel zu erzählen, dass deinem regen Sinn alles klar und deutlich in leuchtenden Bildern aufgehen wird. Indem ich anfangen will, höre ich dich lachen und Clara sagen: das sind ja rechte Kindereien! – Lacht, ich bitte euch, lacht mich recht herzlich aus! – ich bitt euch sehr! – Aber Gott im Himmel! die Haare sträuben sich mir und es ist, als flehe ich euch an, mich auszulachen, in wahnsinniger Verzweiflung, wie Franz Moor den Daniel. – Nun fort zur Sache! –

Außer dem Mittagsessen sahen wir, ich und mein Geschwister, Tag über den Vater wenig. Er mochte mit seinem Dienst viel beschäftigt sein. Nach dem Abendessen, das alter Sitte gemäß schon um sieben Uhr aufgetragen wurde, gingen wir alle, die Mutter mit uns, in des Vaters Arbeitszimmer und setzten uns um einen runden Tisch. Der Vater rauchte Tabak und trank ein großes Glas Bier dazu. Oft erzählte er uns viele wunderbare Geschichten und geriet darüber so in Eifer, dass ihm die Pfeife immer ausging, die ich, ihm brennend Papier hinhaltend, wieder anzünden musste, welches mir denn ein Hauptspaß war. Oft gab er uns aber Bilderbücher in die Hände, saß stumm und starr in seinem Lehnstuhl und blies starke Dampfwolken von sich, dass wir alle wie im Nebel schwammen. An solchen Abenden war die Mutter sehr traurig und kaum schlug die Uhr neun, so sprach sie: »Nun Kinder! – zu Bette! zu Bette! der Sandmann kommt, ich merk es schon.« Wirklich hörte ich dann jedes Mal Etwas schweren langsamen Tritts die Treppe heraufpoltern; das musste der Sandmann sein. Einmal war mir jenes dumpfe Treten und Poltern besonders graulich; ich frug die Mutter, indem sie uns fortführte: »Ei Mama! wer ist denn der böse Sandmann, der uns immer von Papa forttreibt? – wie sieht er denn aus?« »Es gibt keinen Sandmann, mein liebes Kind«, erwiderte die Mutter;

»wenn ich sage, der Sandmann kommt, so will das nur heißen, ihr seid schläfrig und könnt die Augen nicht offen behalten, als hätte man euch Sand hineingestreut.« – Der Mutter Antwort befriedigte mich nicht, ja in meinem kindischen Gemüt entfaltete sich deutlich der Gedanke, dass die Mutter den Sandmann nur verleugne, damit wir uns vor ihm nicht fürchten sollten, ich hörte ihn ja immer die Treppe heraufkommen. Voll Neugierde, Näheres von diesem Sandmann und seiner Beziehung auf uns Kinder zu erfahren, frug ich endlich die alte Frau, die meine jüngste Schwester wartete: was denn das für ein Mann sei, der Sandmann? »Ei Thanelchen«, erwiderte diese, »weißt du das noch nicht? Das ist ein böser Mann, der kommt zu den Kindern, wenn sie nicht zu Bett gehen wollen und wirft ihnen Hände voll Sand in die Augen, dass sie blutig zum Kopf herausspringen, die wirft er dann in den Sack und trägt sie in den Halbmond zur Atzung für seine Kinderchen; die sitzen dort im Nest und haben krumme Schnäbel, wie die Eulen, damit picken sie der unartigen Menschenkindlein Augen auf.« – Grässlich malte sich nun im Innern mir das Bild des grausamen Sandmanns aus; so wie es abends die Treppe heraufpolterte, zitterte ich vor Angst und Entsetzen. Nichts als den unter Tränen hergestotterten Ruf: der Sandmann! der Sandmann! konnte die Mutter aus mir herausbringen. Ich lief darauf in das Schlafzimmer, und wohl die ganze Nacht über quälte mich die fürchterliche Erscheinung des Sandmanns. – Schon alt genug war ich geworden, um einzusehen, dass das mit dem Sandmann und seinem Kindernest im Halbmonde, so wie es mir die Wartefrau erzählt hatte, wohl nicht ganz seine Richtigkeit haben könne; indessen blieb mir der Sandmann ein fürchterliches Gespenst, und Grauen – Entsetzen ergriff mich, wenn ich ihn nicht allein die Treppe heraufkommen, sondern auch meines Vaters Stubentür heftig aufreißen und hineintreten hörte. Manchmal blieb er lange weg, dann kam er öfter hintereinander. Jahre lang dauerte das, und nicht gewöhnen konnte ich mich an den unheimlichen Spuk, nicht bleicher wurde in mir das Bild des grausigen Sandmanns. Sein Umgang mit dem Vater fing an meine Fantasie immer mehr und mehr zu beschäftigen: den Vater darum zu befragen hielt mich eine unüberwindliche Scheu zurück, aber selbst – selbst das Geheimnis zu erforschen, den fabelhaften Sandmann zu sehen, dazu keimte mit den Jahren immer mehr die Lust in mir empor. Der Sandmann hatte mich auf die Bahn des Wunderbaren, Abenteuerlichen gebracht, das so schon leicht im kindlichen Gemüt sich einnistet. Nichts war mir lieber, als schauerliche Geschichten von Kobolten, Hexen, Däumlingen usw. zu hören oder zu lesen; aber obenan stand immer der Sandmann, den ich in den seltsamsten, abscheulichsten Gestalten überall auf Tische, Schränke und Wände mit Kreide, Kohle hinzeichnete. Als ich zehn Jahre alt geworden, wies mich die Mutter aus der Kinderstube in ein Kämmerchen, das auf dem Korridor unfern von meines Vaters Zimmer lag. Noch immer mussten wir uns, wenn auf den Schlag neun Uhr sich jener Unbekannte im Hause hören ließ, schnell entfernen. In meinem Kämmerchen vernahm ich, wie er bei dem Vater hineintrat und bald darauf war es mir dann, als verbreite sich im Hause ein feiner seltsam riechender Dampf. Immer höher mit der Neugierde wuchs der Mut, auf irgendeine Weise des Sandmanns Bekanntschaft zu machen. Oft schlich ich schnell aus dem Kämmerchen auf den Korridor, wenn die Mutter vorübergegangen, aber nichts konnte ich erlauschen, denn immer war der Sandmann schon zur Türe hinein, wenn ich den Platz erreicht hatte, wo er mir sichtbar werden musste. Endlich von unwiderstehlichem Drange getrieben, beschloss ich, im Zimmer des Vaters selbst mich zu verbergen und den Sandmann zu erwarten.

An des Vaters Schweigen, an der Mutter Traurigkeit merkte ich eines Abends, dass der Sandmann kommen werde; ich schützte daher große Müdigkeit vor, verließ schon vor neun Uhr das Zimmer und verbarg mich dicht neben der Türe in einem Schlupfwinkel. Die Haustür knarrte, durch den Flur ging es, langsamen, schweren, dröhnenden Schrittes nach der Treppe. Die Mutter eilte mit dem Geschwister mir vorüber. Leise – leise öffnete ich des Vaters Stubentür. Er saß, wie gewöhnlich, stumm und starr den Rücken der Türe zugekehrt, er bemerkte mich nicht, schnell war ich hinein und hinter der Gardine, die einem gleich neben der Türe stehenden offenen Schrank, worin meines Vaters Kleider hingen, vorgezogen war. – Näher – immer näher dröhnten die Tritte – es hustete und scharrte und brummte seltsam draußen. Das Herz bebte mir vor Angst und Erwartung. – Dicht, dicht vor der Türe ein scharfer Tritt – ein heftiger Schlag auf die Klinke, die Tür springt rasselnd auf! – Mit Gewalt mich ermannend gucke ich behutsam hervor. Der Sandmann steht mitten in der Stube vor meinem Vater, der helle Schein der Lichter brennt ihm ins Gesicht! – Der Sandmann, der fürchterliche Sandmann ist der alte Advokat Coppelius, der manchmal bei uns zu Mittage isst!

Aber die grässlichste Gestalt hätte mir nicht tieferes Entsetzen erregen können, als eben dieser Coppelius. – Denke dir einen großen breitschultrigen Mann mit einem unförmlich dicken Kopf, erdgelbem Gesicht, buschigten grauen Augenbrauen, unter denen ein paar grünliche Katzenaugen stechend hervorfunkeln, großer, starker über die Oberlippe gezogener Nase. Das schiefe Maul verzieht sich oft zum hämischen Lachen; dann werden auf den Backen ein paar dunkelrote Flecke sichtbar und ein seltsam zischender Ton fährt durch die zusammengekniffenen Zähne. Coppelius erschien immer in einem altmodisch zugeschnittenen aschgrauen Rocke, ebensolcher Weste und gleichen Beinkleidern, aber dazu schwarze Strümpfe und Schuhe mit kleinen Steinschnallen. Die kleine Perücke reichte kaum bis über den

Kopfwirbel heraus, die Kleblocken standen hoch über den großen roten Ohren und ein breiter verschlossener Haarbeutel starrte von dem Nacken weg, so dass man die silberne Schnalle sah, die die gefältelte Halsbinde schloss. Die ganze Figur war überhaupt widrig und abscheulich; aber vor allem waren uns Kindern seine großen knotigten, haarigten Fäuste zuwider, sodass wir, was er damit berührte, nicht mehr mochten. Das hatte er bemerkt, und nun war es seine Freude, irgendein Stückchen Kuchen, oder eine süße Frucht, die uns die gute Mutter heimlich auf den Teller gelegt, unter diesem, oder jenem Vorwande zu berühren, dass wir, helle Tränen in den Augen, die Näscherei, der wir uns erfreuen sollten, nicht mehr genießen mochten vor Ekel und Abscheu. Ebenso machte er es, wenn uns an Feiertagen der Vater ein klein Gläschen süßen Weins eingeschenkt hatte. Dann fuhr er schnell mit der Faust herüber, oder brachte wohl gar das Glas an die blauen Lippen und lachte recht teuflisch, wenn wir unsern Ärger nur leise schluchzend äußern durften. Er pflegte uns nur immer die kleinen Bestien zu nennen; wir durften, war er zugegen, keinen Laut von uns geben und verwünschten den hässlichen, feindlichen Mann, der uns recht mit Bedacht und Absicht auch die kleinste Freude verdarb. Die Mutter schien ebenso, wie wir, den widerwärtigen Coppelius zu hassen; denn so wie er sich zeigte, war ihr Frohsinn, ihr heiteres unbefangenes Wesen umgewandelt in traurigen, düstern Ernst. Der Vater betrug sich gegen ihn, als sei er ein höheres Wesen, dessen Unarten man dulden und das man auf jede Weise bei guter Laune erhalten müsse. Er durfte nur leise andeuten und Lieblingsgerichte wurden gekocht und seltene Weine kredenzt.

Als ich nun diesen Coppelius sah, ging es grausig und entsetzlich in meiner Seele auf, dass ja niemand anders, als er, der Sandmann sein könne, aber der Sandmann war mir nicht mehr jener Popanz aus dem Ammenmärchen, der dem Eulennest im Halbmonde Kinderaugen zur Atzung holt – Nein! – ein hässlicher gespenstischer Unhold, der überall, wo er einschreitet, Jammer – Not – zeitliches, ewiges Verderben bringt.

Ich war festgezaubert. Auf die Gefahr entdeckt, und, wie ich deutlich dachte, hart gestraft zu werden, blieb ich stehen, den Kopf lauschend durch die Gardine hervorgestreckt. Mein Vater empfing den Coppelius feierlich. »Auf! – zum Werk«, rief dieser mit heiserer, schnarrender Stimme und warf den Rock ab. Der Vater zog still und finster seinen Schlafrock aus und beide kleideten sich in lange schwarze Kittel. Wo sie *die* hernahmen, hatte ich übersehen. Der Vater öffnete die Flügeltür eines Wandschranks; aber, ich sah, dass das, was ich so lange dafür gehalten, kein Wandschrank, sondern vielmehr eine schwarze Höhlung war, in der ein kleiner Herd stand. Coppelius trat hinzu und eine blaue Flamme knisterte auf dem Herde empor. Allerlei seltsames Geräte stand umher. Ach Gott! – wie sich nun mein alter Vater zum Feuer herabbückte, da sah er ganz anders aus. Ein grässlicher krampfhafter Schmerz schien seine sanften ehrlichen Züge zum hässlichen widerwärtigen Teufelsbilde verzogen zu haben. Er sah dem Coppelius ähnlich. Dieser schwang die glutrote Zange und holte damit hell blinkende Massen aus dem dicken Qualm, die er dann emsig hämmerte. Mir war es als würden Menschengesichter ringsumher sichtbar, aber ohne Augen – scheußliche, tiefe schwarze Höhlen statt ihrer. »Augen her, Augen her!«, rief Coppelius mit dumpfer dröhnender Stimme. Ich kreischte auf von wildem Entsetzen gewaltig erfasst und stürzte aus meinem Versteck heraus auf den Boden. Da ergriff mich Coppelius, »kleine Bestie! – kleine Bestie!«, meckerte er zähnefletschend! – riss mich auf und warf mich auf den Herd, dass die Flamme mein Haar zu sengen begann: »Nun haben wir Augen – Augen – ein schön Paar Kinderaugen.« So flüsterte Coppelius, und griff mit den

Fäusten glutrote Körner aus der Flamme, die er mir in die Augen streuen wollte. Da hob mein Vater flehend die Hände empor und rief: »Meister! Meister!, lass meinem Nathanael die Augen – lass sie ihm!« Coppelius lachte gellend auf und rief: »Mag denn der Junge die Augen behalten und sein Pensum flennen in der Welt; aber nun wollen wir doch den Mechanismus der Hände und der Füße recht observieren.« Und damit fasste er mich gewaltig, dass die Gelenke knackten, und schrob mir die Hände ab und die Füße und setzte sie bald hier, bald dort wieder ein. »'s steht doch überall nicht recht! 's gut so wie es war! – Der Alte hat's verstanden!« So zischte und lispelte Coppelius; aber alles um mich her wurde schwarz und finster, ein jäher Krampf durchzuckte Nerv und Gebein – ich fühlte nichts mehr. Ein sanfter warmer Hauch glitt über mein Gesicht, ich erwachte wie aus dem Todesschlaf, die Mutter hatte sich über mich hingebeugt. »Ist der Sandmann noch da?«, stammelte ich. »Nein, mein liebes Kind, der ist lange, lange fort, der tut dir keinen Schaden!« – So sprach die Mutter und küsste und herzte den wiedergewonnenen Liebling. –

Was soll ich dich ermüden, mein herzlieber Lothar!, was soll ich so weitläuftig Einzelnes hererzählen, da noch so vieles zu sagen übrig bleibt? Genug! – ich war bei der Lauscherei entdeckt, und von Coppelius gemisshandelt worden. Angst und Schrecken hatten mir ein hitziges Fieber zugezogen, an dem ich mehrere Wochen krank lag. »Ist der Sandmann noch da?« – Das war mein erstes gesundes Wort und das Zeichen meiner Genesung, meiner Rettung. – Nur noch den schrecklichsten Moment meiner Jugendjahre darf ich dir erzählen; dann wirst du überzeugt sein, dass es nicht meiner Augen Blödigkeit ist, wenn mir nun alles farblos erscheint, sondern, dass ein dunkles Verhängnis wirklich einen trüben Wolkenschleier über mein Leben gehängt hat, den ich vielleicht nur sterbend zerreiße. –

Coppelius ließ sich nicht mehr sehen, es hieß, er habe die Stadt verlassen.

Ein Jahr mochte vergangen sein, als wir der alten unveränderten Sitte gemäß abends an dem runden Tische saßen. Der Vater war sehr heiter und erzählte viel Ergötzliches von den Reisen, die er in seiner Jugend gemacht. Da hörten wir, als es neune schlug, plötzlich die Haustür in den Angeln knarren und langsame eisenschwere Schritte dröhnten durch den Hausflur die Treppe herauf. »Das ist Coppelius«, sagte meine Mutter erblassend. »Ja! – es ist Coppelius«, wiederholte der Vater mit matter gebrochener Stimme. Die Tränen stürzten der Mutter aus den Augen. »Aber Vater, Vater!«, rief sie, »muss es denn so sein?« »Zum letzten Male!«, erwiderte dieser, »zum letzten Male kommt er zu mir, ich verspreche es dir. Geh nur, geh mit den Kindern! – Geht – geht zu Bette! Gute Nacht!«

Mir war es, als sei ich in schweren kalten Stein eingepresst – mein Atem stockte! – Die Mutter ergriff mich beim Arm als ich unbeweglich stehen blieb: »Komm Nathanael, komme nur!« – Ich ließ mich fortführen, ich trat in meine Kammer. »Sei ruhig, sei ruhig, lege dich ins Bette! – schlafe – schlafe«, rief mir die Mutter nach; aber von unbeschreiblicher innerer Angst und Unruhe gequält, konnte ich kein Auge zutun. Der verhasste abscheuliche Coppelius stand vor mir mit funkelnden Augen und lachte mich hämisch an, vergebens trachtete ich sein Bild los zu werden. Es mochte wohl schon Mitternacht sein, als ein entsetzlicher Schlag geschah, wie wenn ein Geschütz losgefeuert würde. Das ganze Haus erdröhnte, es rasselte und rauschte bei meiner Türe vorbei, die Haustüre wurde klirrend zugeworfen. »Das ist Coppelius«, rief ich entsetzt und sprang aus dem Bette. Da kreischte es auf in schneidendem trostlosen Jammer, fort stürzte ich nach des Vaters Zimmer, die Tür stand offen, erstickender Dampf quoll mir entgegen, das Dienstmädchen schrie: »Ach, der Herr! – der Herr!« – Vor dem dampfenden Herde auf dem Boden lag mein Vater tot mit schwarz verbranntem grässlich verzerrtem Gesicht, um ihn herum heulten und winselten die Schwestern – die Mutter ohnmächtig daneben! – »Coppelius, verruchter Satan, du hast den Vater erschlagen!« – So schrie ich auf; mir vergingen die Sinne. Als man zwei Tage darauf meinen Vater in den Sarg legte, waren seine Gesichtszüge wieder mild und sanft geworden, wie sie im Leben waren. Tröstend ging es in meiner Seele auf, dass sein Bund mit dem teuflischen Coppelius ihn nicht ins ewige Verderben gestürzt haben könne. –

Die Explosion hatte die Nachbarn geweckt, der Vorfall wurde ruchbar und kam vor die Obrigkeit, welche den Coppelius zur Verantwortung vorfordern wollte. Der war aber spurlos vom Orte verschwunden.

Wenn ich dir nun sage, mein herzlieber Freund!, dass jener Wetterglashändler eben der verruchte Coppelius war, so wirst du mir es nicht verargen, dass ich die feindliche Erscheinung als schweres Unheil bringend deute. Er war anders gekleidet, aber Coppelius' Figur und Gesichtszüge sind zu tief in mein Innerstes eingeprägt, als dass hier ein Irrtum möglich sein sollte. Zudem hat Coppelius nicht einmal seinen Namen geändert. Er gibt sich hier, wie ich höre, für einen piemontesischen Mechanicus aus, und nennt sich Giuseppe Coppola.

Ich bin entschlossen es mit ihm aufzunehmen und des Vaters Tod zu rächen, mag es denn nun gehen wie es will.

Der Mutter erzähle nichts von dem Erscheinen des grässlichen Unholds – Grüße meine liebe holde Clara, ich schreibe ihr in ruhigerer Gemütsstimmung. Lebe wohl etc. etc.

Clara an Nathanael

Wahr ist es, dass du recht lange mir nicht geschrieben hast, aber dennoch glaube ich, dass du mich in Sinn und Gedanken trägst. Denn meiner gedachtest du wohl recht lebhaft, als du deinen letzten Brief an Bruder Lothar absenden wolltest und die Aufschrift, statt an ihn, an mich richtetest. Freudig erbrach ich den Brief und wurde den Irrtum erst bei den Worten inne: Ach mein herzlieber Lothar! – Nun hätte ich nicht weiter lesen, sondern den Brief dem Bruder geben sollen. Aber, hast du mir auch sonst manchmal in kindischer Neckerei vorgeworfen, ich hätte solch ruhiges, weiblich besonnenes Gemüt, dass ich wie jene Frau, drohe das Haus den Einsturz, noch vor schneller Flucht ganz geschwinde einen falschen Kniff in der Fenstergardine glatt streichen würde, so darf ich doch wohl kaum versichern, dass deines Briefes Anfang mich tief erschütterte. Ich konnte kaum atmen, es flimmerte mir vor den Augen. – Ach, mein herzgeliebter Nathanael!, was konnte so Entsetzliches in dein Leben getreten sein! Trennung von dir, dich niemals wiedersehen, der Gedanke durchfuhr meine Brust wie ein glühender Dolchstich. – Ich las und las! – Deine Schilderung des widerwärtigen Coppelius ist grässlich. Erst jetzt vernahm ich, wie dein guter alter Vater solch entsetzlichen, gewaltsamen Todes starb. Bruder Lothar, dem ich sein Eigentum zustellte, suchte mich zu beruhigen, aber es gelang ihm schlecht. Der fatale Wetterglashändler Giuseppe Coppola verfolgte mich auf Schritt und Tritt und beinahe schäme ich mich, es zu gestehen, dass er selbst meinen gesunden, sonst so ruhigen Schlaf in allerlei wunderlichen Traumgebilden zerstören konnte. Doch bald, schon den andern Tag, hatte sich alles anders in mir gestaltet. Sei mir nur nicht böse, mein Inniggeliebter, wenn Lothar dir etwa sagen möchte, dass ich trotz deiner seltsamen Ahnung, Coppelius werde dir etwas Böses antun, ganz heitern unbefangenen Sinnes bin, wie immer.

Gerade heraus will ich es dir nur gestehen, dass, wie ich meine, alles Entsetzliche und Schreckliche, wovon du sprichst, nur in deinem Innern vorging, die wahre wirkliche Außenwelt aber daran wohl wenig teilhatte. Widerwärtig genug mag der alte Coppelius gewesen sein, aber dass er Kinder hasste, das brachte in euch Kindern wahren Abscheu gegen ihn hervor.

Natürlich verknüpfte sich nun in deinem kindischen Gemüt der schreckliche Sandmann aus dem Ammenmärchen mit dem alten Coppelius, der dir, glaubtest du auch nicht an den Sandmann, ein gespenstischer, Kindern vorzüglich gefährlicher, Unhold blieb. Das unheimliche Treiben mit deinem Vater zur Nachtzeit war wohl nichts anders, als dass beide insgeheim alchymistische Versuche machten, womit die Mutter nicht zufrieden sein konnte, da gewiss viel Geld unnütz verschleudert und obendrein, wie es immer mit solchen Laboranten der Fall sein soll, des Vaters Gemüt ganz von dem trügerischen Drange nach hoher Weisheit erfüllt, der Familie abwendig gemacht wurde. Der Vater hat wohl gewiss durch eigne Unvorsichtigkeit seinen Tod herbeigeführt, und Coppelius ist nicht schuld daran: Glaubst du, dass ich den erfahrnen Nachbar Apotheker gestern frag, ob wohl bei chemischen Versuchen eine solche augenblicklich tötende Explosion möglich sei? Der sagte: »Ei allerdings« und beschrieb mir nach seiner Art gar weitläufig und umständlich, wie das zugehen könne, und nannte dabei so viel sonderbar klingende Namen, die ich gar nicht zu behalten vermochte. – Nun wirst du wohl unwillig werden über deine Clara, du wirst sagen: in dies kalte Gemüt dringt kein Strahl des Geheimnisvollen, das den Menschen oft mit unsichtbaren Armen umfasst; sie erschaut nur die bunte Oberfläche der Welt und freut sich, wie das kindische Kind über die goldgleißende Frucht, in deren Innern tödliches Gift verborgen.

Ach mein herzgeliebter Nathanael!, glaubst du denn nicht, dass auch in heitern – unbefangenen – sorglosen Gemütern die Ahnung wohnen könne von einer dunklen Macht, die feindlich uns in unserm eignen Selbst zu verderben strebt? – Aber verzeih es mir, wenn ich einfältig Mädchen mich unterfange, auf irgendeine Weise mir anzudeuten, was ich eigentlich von solchem Kampfe im Innern glaube. – Ich finde wohl gar am Ende nicht die rechten Worte und du lachst mich aus, nicht, weil ich was Dummes meine, sondern weil ich mich so ungeschickt anstelle, es zu sagen.

Gibt es eine dunkle Macht, die so recht feindlich und verräterisch einen Faden in unser Inneres legt, woran sie uns dann festpackt und fortzieht auf einem gefahrvollen verderblichen Wege, den wir sonst nicht betreten haben würden – gibt es eine solche Macht, so muss sie in uns sich, wie wir selbst gestalten, ja unser Selbst werden; denn nur *so* glauben wir an sie und räumen ihr den Platz ein, dessen sie bedarf, um jenes geheime Werk zu vollbringen. Haben wir festen, durch das heitre Leben gestärkten, Sinn genug, um fremdes feindliches Einwirken als solches stets zu erkennen und den Weg, in den uns Neigung und Beruf geschoben, ruhigen Schrittes zu verfolgen, so geht wohl jene unheimliche Macht unter in dem vergeblichen Ringen nach der Gestaltung, die unser eignes Spiegelbild sein sollte. Es ist auch gewiss, fügt Lothar hinzu, dass die dunkle psychische Macht, haben wir uns durch uns selbst ihr hingegeben, oft fremde Gestalten, die die Außenwelt uns in den Weg wirft, in unser Inneres hineinzieht, sodass wir selbst nur den Geist entzünden, der, wie wir in wunderlicher Täuschung glauben, aus jener Gestalt spricht. Es ist das Phantom unseres eigenen Ichs, dessen innige Verwandtschaft und dessen tiefe Einwirkung auf unser Gemüt uns in die Hölle wirft, oder in den Himmel verzückt. – Du merkst, mein herzlieber Nathanael!, dass wir, ich und Bruder Lothar uns recht über die Materie von dunklen

Mächten und Gewalten ausgesprochen haben, die mir nun, nachdem ich nicht ohne Mühe das Hauptsächlichste aufgeschrieben, ordentlich tiefsinnig vorkommt. Lothars letzte Worte verstehe ich nicht ganz, ich ahne nur, was er meint, und doch ist es mir, als sei alles sehr wahr. Ich bitte dich, schlage dir den hässlichen Advokaten Coppelius und den Wetterglasmann Giuseppe Coppola ganz aus dem Sinn. Sei überzeugt, dass diese fremden Gestalten nichts über dich vermögen; nur der Glaube an ihre feindliche Gewalt kann sie dir in der Tat feindlich machen. Spräche nicht aus jeder Zeile deines Briefes die tiefste Aufregung deines Gemüts, schmerzte mich nicht dein Zustand recht in innerster Seele, wahrhaftig, ich könnte über den Advokaten Sandmann und den Wetterglashändler Coppelius scherzen. Sei heiter – heiter! – Ich habe mir vorgenommen, bei dir zu erscheinen, wie dein Schutzgeist, und den hässlichen Coppola, sollte er es sich etwa beikommen lassen, dir im Traum beschwerlich zu fallen, mit lautem Lachen fortzubannen. Ganz und gar nicht fürchte ich mich vor ihm und vor seinen garstigen Fäusten, er soll mir weder als Advokat eine Näscherei, noch als Sandmann die Augen verderben.

Ewig, mein herzinnigstgeliebter Nathanael etc. etc. etc.

Nathanael an Lothar

Sehr unlieb ist es mir, dass Clara neulich den Brief an dich aus, freilich durch meine Zerstreutheit veranlasstem, Irrtum erbrach und las. Sie hat mir einen sehr tiefsinnigen philosophischen Brief geschrieben, worin sie ausführlich beweiset, dass Coppelius und Coppola nur in meinem Innern existieren und Phantome meines Ichs sind, die augenblicklich zerstäuben, wenn ich sie als solche, erkenne. In der Tat, man sollte gar nicht glauben, dass der Geist, der aus solch hellen hold lächelnden Kindesaugen, oft wie ein lieblicher süßer Traum, hervorleuchtet, so gar verständig, so magistermäßig distinguieren könne. Sie beruft sich auf dich. Ihr habt über mich gesprochen. Du liesest ihr wohl logische Collegia, damit sie alles fein sichten und sondern lerne. – Lass das bleiben! – Übrigens ist es wohl gewiss, dass der Wetterglashändler Giuseppe Coppola keineswegs der alte Advokat Coppelius ist. Ich höre bei dem erst neuerdings angekommenen Professor der Physik, der, wie jener berühmte Naturforscher, Spalanzani heißt und italienischer Abkunft ist, Collegia. Der kennt den Coppola schon seit vielen Jahren und überdem hört man es auch seiner Aussprache an, dass er wirklich Piemonteser ist. Coppelius war ein Deutscher, aber wie mich dünkt, kein ehrlicher. Ganz beruhigt bin ich nicht. Haltet ihr, du und Clara, mich immerhin für einen düstern Träumer, aber nicht los kann ich den Eindruck werden, den Coppelius' verfluchtes Gesicht auf mich macht. Ich bin froh, dass er fort ist aus der Stadt, wie mir Spalanzani sagt. Dieser Professor ist ein wunderlicher Kauz. Ein kleiner rundlicher Mann, das Gesicht mit starken Backenknochen, feiner Nase, aufgeworfnen Lippen, kleinen stechenden Augen. Doch besser, als in jeder Beschreibung, siehst du ihn, wenn du den Cagliostro, wie er von Chodowiecki in irgendeinem Berlinischen Taschenkalender steht, anschauest. – So sieht Spalanzani aus. – Neulich steige ich die Treppe herauf und nehme wahr, dass die sonst einer Glastüre dicht vorgezogene Gardine zur Seite einen kleinen Spalt lässt. Selbst weiß ich nicht, wie ich dazu kam, neugierig durchzublicken. Ein hohes, sehr schlank im reinsten Ebenmaß gewachsenes, herrlich gekleidetes Frauenzimmer saß im Zimmer vor einem kleinen Tisch, auf den sie beide Arme, die Hände zusammengefaltet, gelegt hatte. Sie saß der Türe gegenüber, so, dass ich ihr engelschönes Gesicht ganz erblickte. Sie schien mich nicht zu bemerken, und überhaupt hatten ihre Augen etwas Starres, beinahe möcht ich sagen, keine Sehkraft, es war mir so, als schliefe sie mit offnen Augen. Mir wurde ganz unheimlich und deshalb schlich ich leise fort ins Auditorium, das daneben gelegen. Nachher erfuhr ich, dass die Gestalt, die ich gesehen, Spalanzanis Tochter, Olimpia war, die er sonderbarer- und schlechterweise einsperrt, so, dass durchaus kein Mensch in ihre Nähe kommen darf. – Am Ende hat es eine Bewandtnis mit ihr, sie ist vielleicht blödsinnig oder sonst. – Weshalb schreibe ich dir aber das alles? Besser und ausführlicher hätte ich dir das mündlich erzählen können. Wisse nämlich, dass ich über vierzehn Tage bei euch bin. Ich muss mein süßes liebes Engelsbild, meine Clara, wiedersehen. Weggehaucht wird dann die Verstimmung sein, die sich (ich muss das gestehen) nach dem fatalen verständigen Briefe meiner bemeistern wollte. Deshalb schreibe ich auch heute nicht an sie. Tausend Grüße etc. etc. etc.

★ ★ ★

Seltsamer und wunderlicher kann nichts erfunden werden, als dasjenige ist, was sich mit meinem armen Freunde, dem jungen Studenten Nathanael, zugetragen, und was ich dir, günstiger Leser!, zu erzählen unternommen. Hast du, Geneigtester!, wohl jemals etwas erlebt, das deine Brust, Sinn und Gedanken ganz und gar erfüllte, alles andere daraus verdrängend? Es gärte und kochte in dir, zur siedenden Glut entzündet sprang das Blut durch die Adern und färbte höher deine Wangen. Dein Blick war so seltsam als wolle er Gestalten, keinem andern Auge sichtbar, im leeren Raum erfassen und die Rede zerfloss in dunkle Seufzer. Da frugen dich die Freunde: »Wie ist Ihnen, Verehrter? – Was haben Sie, Teurer?« Und nun wolltest du das innere Gebilde mit allen glühenden Farben und Schatten und Lichtern aussprechen und mühtest dich ab, Worte zu finden, um nur anzufangen. Aber es war dir, als müsstest du nun gleich im ersten Wort alles Wunderbare, Herrliche, Entsetzliche, Lustige, Grauenhafte, das sich zugetragen, recht zusammengreifen, sodass es, wie ein elektrischer Schlag, alle treffe. Doch jedes Wort, alles was Rede vermag, schien dir farblos und frostig und tot. Du suchst und suchst, und stotterst und stammelst, und die nüchternen Fragen der Freunde schlagen, wie eisige Windeshauche, hinein in deine innere Glut, bis sie verlöschen will. Hattest du aber, wie ein kecker Maler, erst mit einigen verwegenen Strichen, den Umriss deines innern Bildes hingeworfen, so trugst du mit leichter Mühe immer glühender und glühender die Farben auf und das lebendige Gewühl mannigfacher Gestalten riss die Freunde fort und sie sahen, wie du, sich selbst mitten im Bilde, das aus deinem Gemüt hervorgegangen! – Mich hat, wie ich es dir, geneigter Leser!, gestehen muss, eigentlich niemand nach der Geschichte des jungen Nathanael gefragt; du weißt ja aber wohl, dass ich zu dem wunderlichen Geschlechte der Autoren gehöre, denen, tragen sie etwas so in sich, wie ich es vorhin beschrieben, so zumute wird, als frage jeder, der in ihre Nähe kommt und nebenher auch wohl noch die ganze Welt: »Was ist es denn? Erzählen Sie Liebster?« – So trieb es mich denn gar gewaltig, von Nathanaels verhängnisvollem Leben zu dir zu sprechen. Das Wunderbare, Seltsame davon erfüllte meine ganze Seele, aber eben deshalb und weil ich dich, o mein Leser!, gleich geneigt machen musste, Wunderliches zu ertragen, welches nichts Geringes ist, quälte ich mich ab, Nathanaels Geschichte, bedeutend – originell, ergreifend, anzufangen: »Es war einmal« – der schönste Anfang jeder Erzählung, zu nüchtern! – »In der kleinen Provinzial-Stadt S. lebte« – etwas besser, wenigstens ausholend zum Klimax. – Oder gleich medias in res: »›Scher Er sich zum Teufel‹, rief, Wut und Entsetzen im wilden Blick, der Student Nathanael, als der Wetterglashändler Giuseppe Coppola« – Das hatte ich in der Tat schon aufgeschrieben, als ich in dem wilden Blick des Studenten Nathanael etwas Possierliches zu verspüren glaubte; die Geschichte ist aber gar nicht spaßhaft. Mir kam keine Rede in den Sinn, die nur im mindesten etwas von dem Farbenglanz des innern Bildes abzuspiegeln schien. Ich beschloss gar nicht anzufangen. Nimm, geneigter Leser!, die drei Briefe, welche Freund Lothar mir gütigst mitteilte, für den Umriss des Gebildes, in das ich nun erzählend immer mehr und mehr Farbe hineinzutragen mich bemühen werde. Vielleicht gelingt es mir, manche Gestalt, wie ein guter Portraitmaler, so aufzufassen, dass du es ähnlich findest, ohne das Original zu kennen, ja dass es dir ist, als hättest du die Person recht oft schon mit leibhaftigen Augen gesehen. Vielleicht wirst du, o mein Leser!, dann glauben, dass nichts wunderlicher und toller sei, als das wirkliche Leben und dass dieses der Dichter doch nur, wie in eines matt geschliffnen Spiegels dunklem Widerschein, auffassen könne.

Damit klarer werde, was gleich anfangs zu wissen nötig, ist jenen Briefen noch hinzuzufügen, dass bald darauf, als Nathanaels Vater gestorben, Clara und Lothar, Kinder eines weitläuftigen Verwandten, der ebenfalls gestorben und sie verwaist nachgelassen, von Nathanaels Mutter ins Haus genommen wurden. Clara und Nathanael fassten eine heftige Zuneigung zueinander, wogegen kein Mensch auf Erden etwas einzuwenden hatte; sie waren daher Verlobte, als Nathanael den Ort verließ um seine Studien in G. – fortzusetzen. Da ist er nun in seinem letzten Briefe und hört Collegia bei dem berühmten Professor Physices, Spalanzani.

Nun könnte ich getrost in der Erzählung fortfahren; aber in dem Augenblick steht Claras Bild so lebendig mir vor Augen, dass ich nicht wegschauen kann, so wie es immer geschah, wenn sie mich hold lächelnd anblickte. – Für schön konnte Clara keineswegs gelten; das meinten alle, die sich von Amts wegen auf Schönheit verstehen. Doch lobten die Architekten die reinen Verhältnisse ihres Wuchses, die Maler fanden Nacken, Schultern und Brust beinahe zu keusch geformt, verliebten sich dagegen sämtlich in das wunderbare Magdalenenhaar und faselten überhaupt viel von Battonischem Kolorit. Einer von ihnen, ein wirklicher Fantast, verglich aber höchst seltsamerweise Claras Augen mit einem See von Ruisdael, in dem sich des wolkenlosen Himmels reines Azur, Wald und Blumenflur, der reichen Landschaft ganzes buntes, heitres Leben spiegelt. Dichter und Meister gingen aber weiter und sprachen: »Was See – was Spiegel! – Können wir denn das Mädchen anschauen, ohne dass uns aus ihrem Blick wunderbare himmlische Gesänge und Klänge entgegenstrahlen, die in unser Innerstes dringen, dass das alles wach und rege wird? Singen wir selbst dann nichts wahrhaft Gescheutes, so ist überhaupt nicht viel an uns und das lesen wir denn auch deutlich in dem um Claras Lippen schwebenden feinen Lächeln, wenn wir uns unterfangen, ihr etwas vorzuquinkelieren, das so tun will als sei es Gesang, unerachtet nur einzelne Töne verworren durcheinander springen.« Es war dem so. Clara hatte die lebenskräftige Fantasie des heitern unbefangenen, kindischen Kindes, ein tiefes weiblich zartes Gemüt, einen gar hellen scharf sichtenden Verstand. Die Nebler und Schwebler hatten bei ihr böses Spiel; denn ohne zu viel zu reden, was überhaupt in Claras schweigsamer Natur nicht lag, sagte ihnen der helle Blick, und jenes feine ironische Lächeln: Lieben Freunde!, wie möget ihr mir denn zumuten, dass ich eure verfließende Schattengebilde für wahre Gestalten ansehen soll, mit Leben und Regung? – Clara wurde deshalb von vielen kalt, gefühllos, prosaisch gescholten; aber andere, die das Leben in klarer Tiefe aufgefasst, liebten ungemein das gemütvolle, verständige, kindliche Mädchen, doch keiner so sehr, als Nathanael, der sich in Wissenschaft und Kunst kräftig und heiter bewegte. Clara hing an dem Geliebten mit ganzer Seele; die ersten Wolkenschatten zogen durch ihr Leben, als er sich von ihr trennte. Mit welchem Entzücken flog sie in seine Arme, als er nun, wie er im letzten Briefe an Lothar es verheißen, wirklich in seiner Vaterstadt ins Zimmer der Mutter eintrat. Es geschah so wie Nathanael geglaubt; denn in dem Augenblick, als er Clara wiedersah, dachte er weder an den Advokaten Coppelius, noch an Claras verständigen Brief, jede Verstimmung war verschwunden.

Recht hatte aber Nathanael doch, als er seinem Freunde Lothar schrieb, dass des widerwärtigen Wetterglashändlers Coppola Gestalt recht feindlich in sein Leben getreten sei. Alle fühlten das, da Nathanael gleich in den ersten Tagen in seinem ganzen Wesen durchaus verändert sich zeigte. Er versank in düstre Träumereien, und trieb es bald so seltsam, wie man es niemals von ihm gewohnt gewesen. Alles, das ganze Leben war ihm Traum und Ahnung geworden; immer sprach er davon, wie jeder Mensch, sich frei wähnend, nur dunklen Mächten zum grausamen Spiel diene, vergeblich lehne man sich dagegen auf, demütig müsse man sich dem fügen, was das Schicksal verhängt habe. Er ging so weit, zu behaupten, dass es töricht sei, wenn man glaube, in Kunst und Wissenschaft nach selbsttätiger Willkür zu schaffen; denn die Begeisterung, in der man nur zu schaffen fähig sei, komme nicht aus dem eignen Innern, sondern sei das Einwirken irgendeines außer uns selbst liegenden höheren Prinzips.

Der verständigen Clara war diese mystische Schwärmerei im höchsten Grade zuwider, doch schien es vergebens, sich auf Widerlegung einzulassen. Nur dann, wenn Nathanael bewies, dass Coppelius das böse Prinzip sei, was ihn in dem Augenblick erfasst habe, als er hinter dem Vorhange lauschte, und dass dieser widerwärtige *Dämon* auf entsetzliche Weise ihr Liebesglück stören werde, da wurde Clara sehr ernst und sprach: »Ja Nathanael! Du hast Recht, Coppelius ist ein böses feindliches Prinzip, er kann Entsetzliches wirken, wie eine teuflische Macht, die sichtbarlich in das Leben trat, aber nur dann, wenn du ihn nicht aus Sinn und Gedanken verbannst. Solange du an ihn glaubst, *ist* er auch und wirkt, nur dein Glaube ist seine Macht.« – Nathanael, ganz erzürnt, dass Clara die Existenz des *Dämons* nur in seinem eignen Innern statuiere, wollte dann hervorrücken mit der ganzen mystischen Lehre von Teufeln und grausen Mächten, Clara brach aber verdrüsslich ab, indem sie irgendetwas Gleichgültiges dazwischenschob, zu Nathanaels nicht geringem Ärger. *Der* dachte, kalten unempfänglichen Gemütern erschließen sich solche tiefe Geheimnisse nicht, ohne sich deutlich bewusst zu sein, dass er Clara eben zu solchen untergeordneten Naturen zähle, weshalb er nicht abließ mit Versuchen, sie in jene Geheimnisse einzuweihen. Am frühen Morgen, wenn Clara das Frühstück bereiten half, stand er bei ihr und las ihr aus allerlei mystischen Büchern vor, dass Clara bat: »Aber lieber Nathanael, wenn ich *dich* nun das böse Prinzip schelten wollte, das feindlich auf meinen Kaffee wirkt? – Denn, wenn ich, wie du es willst, alles stehen und liegen lassen und dir, indem du liesest, in die Augen schauen soll, so läuft mir der Kaffee ins Feuer und ihr bekommt alle kein Frühstück!« – Nathanael klappte das Buch heftig zu und rannte voll Unmut fort in sein Zimmer. Sonst hatte er eine besondere Stärke in anmutigen, lebendigen Erzählungen, die er aufschrieb, und die Clara mit dem innigsten Vergnügen anhörte, jetzt waren seine Dichtungen düster, unverständlich, gestaltlos, sodass, wenn Clara schonend es auch nicht sagte, er doch wohl fühlte, wie wenig sie davon angesprochen wurde. Nichts war für Clara tötender, als das Langweilige; in Blick und Rede sprach sie dann ihre nicht zu besiegende geistige Schläfrigkeit aus. Nathanaels Dichtungen waren in der Tat sehr langweilig. Sein Verdruss über Claras kaltes prosaisches Gemüt stieg höher, Clara konnte ihren Unmut über Nathanaels dunkle, düstere, langweilige Mystik nicht überwinden, und so entfernten beide im Innern sich immer mehr voneinander, ohne es selbst zu bemerken. Die Gestalt des hässlichen Coppelius war, wie Nathanael selbst es sich gestehen musste, in seiner Fantasie erbleicht und es kostete ihm oft Mühe, ihn in seinen Dichtungen, wo er als grauser Schicksalspopanz auftrat, recht lebendig zu kolorieren. Es kam ihm endlich ein, jene düstre Ahnung, dass Coppelius sein Liebesglück stören werde, zum Gegenstande eines Gedichts zu machen. Er stellte sich und Clara dar, in treuer Liebe verbunden, aber dann und wann war es, als griffe eine schwarze Faust in ihr Leben und risse irgendeine Freude heraus, die ihnen aufgegangen. Endlich, als sie schon am Traualtar stehen, erscheint der entsetzliche Coppelius und berührt Claras holde Augen: *die* springen in Nathanaels Brust wie blutige Funken sengend und brennend, Coppelius fasst ihn und wirft ihn in einen flammenden Feuerkreis, der sich dreht mit der Schnelligkeit des Sturmes und ihn sausend und brausend fortreißt. Es ist ein Tosen, als wenn der Orkan grimmig hineinpeitscht in die schäumenden Meereswellen, die sich wie schwarze, weißhauptige Riesen emporbäumen in wütendem Kampfe. Aber durch dies wilde Tosen hört er Claras Stimme: »Kannst du mich denn nicht erschauen? Coppelius hat dich getäuscht, das waren ja nicht meine Augen, die so in deiner Brust brannten, das waren ja glühende Tropfen deines eignen Herzbluts – ich habe ja meine Augen, sieh mich doch nur an!« – Nathanael denkt: das ist Clara, und ich bin ihr Eigen ewiglich. – Da ist es, als fasst der Gedanke gewaltig in den Feuerkreis hinein, dass er stehen bleibt, und im schwarzen Abgrund verrauscht dumpf das Getöse. Nathanael blickt in Claras Augen; aber es ist der Tod, der mit Claras Augen ihn freundlich anschaut.

Während Nathanael dies dichtete, war er sehr ruhig und besonnen, er feilte und besserte an jeder Zeile und da er sich dem metrischen Zwange unterworfen, ruhte er nicht, bis alles rein und wohlklingend sich fügte. Als er jedoch nun endlich fertig worden, und das Gedicht für sich laut las, da fasste ihn Grausen und wildes Entsetzen und er schrie auf: »Wessen grauenvolle Stimme ist das?« – Bald schien ihm jedoch das Ganze wieder nur eine sehr gelungene Dichtung, und es war ihm, als müsse Claras kaltes Gemüt dadurch entzündet werden, wiewohl er nicht deutlich dachte, wozu denn Clara entzündet, und wozu es denn nun eigentlich führen solle, sie mit den grauenvollen Bildern zu ängstigen, die ein entsetzliches, ihre Liebe zerstörendes Geschick weissagten. Sie, Nathanael und Clara, saßen in der Mutter kleinem Garten, Clara war sehr heiter, weil Nathanael sie seit drei Tagen, in denen er an jener Dichtung schrieb, nicht mit seinen Träumen und Ahnungen geplagt hatte. Auch Nathanael sprach lebhaft und froh von lustigen Dingen wie sonst, so, dass Clara sagte: »Nun erst habe ich dich ganz wieder, siehst du es wohl, wie wir den hässlichen Coppelius vertrieben haben?« Da fiel dem Nathanael erst ein, dass er ja die Dichtung in der Tasche trage, die er habe vorlesen wollen. Er zog auch sogleich die Blätter hervor und fing an zu lesen: Clara, etwas Langweiliges wie gewöhnlich vermutend und sich darein ergebend, fing an, ruhig zu stricken. Aber so wie immer schwärzer und schwärzer das düstre Gewölk aufstieg, ließ sie den Strickstrumpf sinken und blickte starr dem Nathanael ins Auge. *Den* riss seine Dichtung unaufhaltsam fort, hochrot färbte seine Wangen die innere Glut, Tränen quollen ihm aus den Augen – Endlich hatte er geschlossen, er stöhnte in tiefer Ermattung – er fasste Claras Hand und seufzte wie aufgelöst in trostlosem Jammer: »Ach! – Clara – Clara« – Clara drückte ihn sanft an ihren Busen und sagte leise, aber sehr langsam und ernst: »Nathanael – mein herzlieber Nathanael! – wirf das tolle – unsinnige – wahnsinnige Märchen ins Feuer.« Da sprang Nathanael entrüstet auf und rief, Clara von sich stoßend: »Du lebloses, verdammtes Automat!« Er rannte fort, bitte Tränen vergoss die tief verletzte Clara: »Ach er hat mich niemals geliebt, denn er versteht mich nicht«, schluchzte sie laut. – Lothar trat in die Laube; Clara musste ihm erzählen was vorgefallen; er liebte seine Schwester mit ganzer Seele, jedes Wort ihrer Anklage fiel wie ein Funke in sein Inneres, so, dass der Unmut, den er wider den träumerischen Nathanael lange im Herzen getragen, sich entzündete zum wilden Zorn. Er lief zu Nathanael, er warf ihm das unsinnige Betragen gegen die geliebte Schwester in harten Worten vor, die der aufbrausende Nathanael ebenso erwiderte. Ein fantastischer, wahnsinniger Geck wurde mit einem miserablen, gemeinen Alltagsmenschen erwidert. Der Zweikampf war unvermeidlich. Sie beschlossen, sich am folgenden Morgen hinter dem Garten nach dortiger akademischer Sitte mit scharf geschliffenen Stoßrapieren zu schlagen. Stumm und finster schlichen sie umher, Clara hatte den heftigen Streit gehört und gesehen, dass der Fechtmeister in der Dämmerung die Rapiere brachte. Sie ahnte was geschehen sollte. Auf dem Kampfplatz angekommen hatten Lothar und Nathanael soeben düster schweigend die Röcke abgeworfen, blutdürstige Kampflust im brennenden Auge wollten sie gegeneinander ausfallen, als Clara durch die Gartentür herbeistürzte. Schluchzend rief sie laut: »Ihr wilden entsetzlichen Menschen! – stoßt mich nur gleich nieder, ehe ihr euch anfallt; denn wie soll ich denn länger leben auf der Welt, wenn der Geliebte den Bruder, oder wenn der Bruder den Geliebten ermordet hat!« – Lothar ließ die Waffe sinken und sah schweigend zur Erde nieder, aber in Nathanaels Innern ging in herzzerreißender Wehmut alle Liebe wieder auf, wie er sie jemals in der herrlichen Jugendzeit schönsten Tagen für die holde Clara empfunden. Das Mordgewehr entfiel seiner Hand, er stürzte zu Claras Füßen. »Kannst du mir denn jemals verzeihen, du meine einzige, meine herzgeliebte Clara! – Kannst du mir verzeihen, mein herzlieber Bruder Lothar!« – Lothar wurde gerührt von des Freundes tiefem Schmerz;

unter tausend Tränen umarmten sich die drei versöhnten Menschen und schwuren, nicht voneinander zu lassen in steter Liebe und Treue.

Dem Nathanael war es zumute, als sei eine schwere Last, die ihn zu Boden gedrückt, von ihm abgewälzt, ja als habe er, Widerstand leistend der finstern Macht, die ihn befangen, sein ganzes Sein, dem Vernichtung drohte, gerettet. Noch drei selige Tage verlebte er bei den Lieben, dann kehrte er zurück nach G., wo er noch ein Jahr zu bleiben, dann aber auf immer nach seiner Vaterstadt zurückzukehren gedachte.

Der Mutter war alles, was sich auf Coppelius bezog, verschwiegen worden; denn man wusste, dass sie nicht ohne Entsetzen an ihn denken konnte, weil sie, wie Nathanael, ihm den Tod ihres Mannes Schuld gab.

★ ★ ★

Wie erstaunte Nathanael, als er in seine Wohnung wollte und sah, dass das ganze Haus niedergebrannt war, sodass aus dem Schutthaufen nur die nackten Feuermauern hervorragten. Unerachtet das Feuer in dem Laboratorium des Apothekers, der im untern Stocke wohnte, ausgebrochen war, das Haus daher von unten herauf gebrannt hatte, so war es doch den kühnen, rüstigen Freunden gelungen, noch zu rechter Zeit in Nathanaels im obern Stock gelegenes Zimmer zu dringen, um Bücher, Manuskripte, Instrumente zu retten. Alles hatten sie unversehrt in ein anderes Haus getragen, und dort ein Zimmer in Beschlag genommen, welches Nathanael nun sogleich bezog. Nicht sonderlich achtete er darauf, dass er dem Professor Spalanzani gegenüber wohnte, und ebenso wenig schien es ihn etwas Besonderes, als er bemerkte, dass er aus seinem Fenster gerade hinein in das Zimmer blickte, wo oft Olimpia einsam saß, so, dass er ihre Figur deutlich erkennen konnte, wiewohl die Züge des Gesichts undeutlich und verworren blieben. Wohl fiel es ihm endlich auf, dass Olimpia oft stundenlang in derselben Stellung, wie er sie einst durch ihre Glastüre entdeckte, ohne irgendeine Beschäftigung an einem kleinen Tische saß und dass sie offenbar unverwandten Blickes nach ihm herüberschaute; er musste sich auch selbst gestehen, dass er nie einen schöneren Wuchs gesehen; indessen, Clara im Herzen, blieb ihm die steife, starre Olimpia höchst gleichgültig und nur zuweilen sah er flüchtig über sein Kompendium herüber nach der schönen Bildsäule, das war alles. – Eben schrieb er an Clara, als es leise an die Türe klopfte; sie öffnete sich auf seinen Zuruf und Coppolas widerwärtiges Gesicht sah hinein. Nathanael fühlte sich im Innersten erbeben; eingedenk dessen, was ihm Spalanzani über den Landsmann Coppola gesagt und was er auch rücksichts des Sandmanns Coppelius der Geliebten so heilig versprochen, schämte er sich aber selbst seiner kindischen Gespensterfurcht, nahm sich mit aller Gewalt zusammen und sprach so sanft und gelassen, als möglich: »Ich kaufe kein Wetterglas, mein lieber Freund!, gehen Sie nur!« Da trat aber Coppola vollends in die Stube und sprach mit heiserem Ton, indem sich das weite Maul zum hässlichen Lachen verzog und die kleinen Augen unter den grauen langen Wimpern stechend hervorfunkelten: »Ei, nix Wetterglas, nix Wetterglas! – hab auch sköne Oke – sköne Oke!« – Entsetzt rief Nathanael: »Toller Mensch, wie kannst du Augen haben? – Augen – Augen? –« Aber in dem Augenblick hatte Coppola seine Wettergläser beiseite gesetzt, griff in die weiten Rocktaschen und holte Lorgnetten und Brillen heraus, die er auf den Tisch legte. – »Nu – Nu – Brill' – Brill' auf der Nas' su setze, das sein meine Oke – sköne Oke!« – Und damit holte er immer mehr und mehr Brillen heraus, so, dass es auf dem ganzen Tisch seltsam zu flimmern und zu funkeln begann. Tausend Augen blickten und zuckten krampfhaft und starrten auf zum Nathanael; aber er konnte nicht wegschauen von dem

Tisch, und immer mehr Brillen legte Coppola hin, und immer wilder und wilder sprangen flammende Blicke durcheinander und schossen ihre blutrote Strahlen in Nathanaels Brust. Übermannt von tollem Entsetzen schrie er auf: »Halt ein!, halt ein, fürchterlicher Mensch!« – Er hatte Coppola, der eben in die Tasche griff, um noch mehr Brillen herauszubringen, unerachtet schon der ganze Tisch überdeckt war, beim Arm festgepackt, Coppola machte sich mit heiserem widrigen Lachen sanft los und mit den Worten: »Ah! – nix für Sie – aber hier sköne Glas« – hatte er alle Brillen zusammengerafft, eingesteckt und aus der Seitentasche des Rocks eine Menge großer und kleiner Perspektive hervorgeholt. Sowie die Brillen fort waren, wurde Nathanael ganz ruhig und an Clara denkend sah er wohl ein, dass der entsetzliche Spuk nur aus seinem Innern hervorgegangen, sowie dass Coppola ein höchst ehrlicher Mechanicus und Opticus, keinesweges aber Coppelii verfluchter Doppeltgänger und Revenant sein könne. Zudem hatten alle Gläser, die Coppola nun auf den Tisch gelegt, gar nichts Besonderes, am wenigsten so etwas Gespenstisches wie die Brillen und, um alles wieder gutzumachen, beschloss Nathanael dem Coppola jetzt wirklich etwas abzukaufen. Er ergriff ein kleines sehr sauber gearbeitetes Taschenperspektiv und sah, um es zu prüfen, durch das Fenster. Noch im Leben war ihm kein Glas vorgekommen, das die Gegenstände so rein, scharf und deutlich dicht vor die Augen rückte. Unwillkürlich sah er hinein in Spalanzanis Zimmer; Olimpia saß, wie gewöhnlich, vor dem kleinen Tisch, die Arme daraufgelegt, die Hände gefaltet. – Nun erschaute Nathanael erst Olimpias wunderschön geformtes Gesicht. Nur die Augen schienen ihm gar seltsam starr und tot. Doch wie er immer schärfer und schärfer durch das Glas hinschaute, war es, als gingen in Olimpias Augen feuchte Mondesstrahlen auf. Es schien, als wenn nun erst die Sehkraft entzündet würde; immer lebendiger und lebendiger flammten die Blicke. Nathanael lag wie festgezaubert im Fenster, immer fort und fort die himmlisch-schöne Olimpia betrachtend. Ein Räuspern und Scharren weckte ihn, wie aus tiefem Traum. Coppola stand hinter ihm: »Tre Zechini – drei Dukat« – Nathanael hatte den Opticus rein vergessen, rasch zahlte er das Verlangte: »Nick so? – sköne Glas – sköne Glas!«, frug Coppola mit seiner widerwärtigen heisern Stimme und dem hämischen Lächeln. »Ja, ja, ja!«, erwiderte Nathanael verdrießlich: »Adieu, lieber Freund!« – Coppola verließ nicht ohne viele seltsame Seitenblicke auf Nathanael, das Zimmer. Er hörte ihn auf der Treppe laut lachen. »Nun ja«, meinte Nathanael, »er lacht mich aus, weil ich ihm das kleine Perspektiv gewiss viel zu teuer bezahlt habe – zu teuer bezahlt!« – Indem er diese Worte leise sprach, war es, als halle ein tiefer Todesseufzer grauenvoll durch das Zimmer, Nathanaels Atem stockte vor innerer Angst. – Er hatte ja aber selbst so aufgeseufzt, das merkte er wohl. »Clara«, sprach er zu sich selber, »hat wohl Recht, dass sie mich für einen abgeschmackten Geisterseher hält; aber närrisch ist es doch – ach wohl mehr, als närrisch, dass mich der dumme Gedanke, ich hätte das Glas dem Coppola zu teuer bezahlt, noch jetzt so sonderbar ängstigt; den Grund davon sehe ich gar nicht ein.« – Jetzt setzte er sich hin, um den Brief an Clara zu enden, aber ein Blick durchs Fenster überzeugte ihn, dass Olimpia noch da säße und im Augenblick, wie von unwiderstehlicher Gewalt getrieben, sprang er auf, ergriff Coppolas Perspektiv und konnte nicht los von Olimpias verführerischem Anblick, bis ihn Freund und Bruder Siegmund abrief ins Kollegium bei dem Professor Spalanzani. Die Gardine vor dem verhängnisvollen Zimmer war dicht zugezogen, er konnte Olimpia ebenso wenig hier, als die beiden folgenden Tage hindurch in ihrem Zimmer, entdecken, unerachtet er kaum das Fenster verließ und fortwährend durch Coppolas Perspektiv hinüberschaute. Am dritten Tage wurden sogar die

Fenster verhängt. Ganz verzweifelt und getrieben von Sehnsucht und glühendem Verlangen lief er hinaus vors Tor. Olimpias Gestalt schwebte vor ihm her in den Lüften und trat aus dem Gebüsch, und guckte ihn an mit großen strahlenden Augen, aus dem hellen Bach. Claras Bild war ganz aus seinem Innern gewichen, er dachte nichts, als Olimpia und klagte ganz laut und weinerlich: »Ach du mein hoher herrlicher Liebesstern, bist du mir denn nur aufgegangen, um gleich wieder zu verschwinden, und mich zu lassen in finstrer hoffnungsloser Nacht?«

Als er zurückkehren wollte in seine Wohnung, wurde er in Spalanzanis Hause ein geräuschvolles Treiben gewahr. Die Türen standen offen, man trug allerlei Geräte hinein, die Fenster des ersten Stocks waren ausgehoben, geschäftige Mägde kehrten und stäubten mit großen Haarbesen hin und her fahrend, inwendig klopften und hämmerten Tischler und Tapezierer. Nathanael blieb in vollem Erstaunen auf der Straße stehen; da trat Siegmund lachend zu ihm und sprach: »Nun, was sagst du zu unserem alten Spalanzani?« Nathanael versicherte, dass er gar nichts sagen könne, da er durchaus nichts vom Professor wisse, vielmehr mit großer Verwunderung wahrnehme, wie in dem stillen düstern Hause ein tolles Treiben und Wirtschaften losgegangen; da erfuhr er denn von Siegmund, dass Spalanzani morgen ein großes Fest geben wolle, Konzert und Ball, und dass die halbe Universität eingeladen sei. Allgemein verbreite man, dass Spalanzani seine Tochter Olimpia, die er so lange jedem menschlichen Auge recht ängstlich entzogen, zum ersten Mal erscheinen lassen werde.

Nathanael fand eine Einladungskarte und ging mit hoch klopfendem Herzen zur bestimmten Stunde, als schon die Wagen rollten und die Lichter in den geschmückten Sälen schimmerten, zum Professor. Die Gesellschaft war zahlreich und glänzend. Olimpia erschien sehr reich und geschmackvoll gekleidet. Man musste ihr schön geformtes Gesicht, ihren Wuchs bewundern. Der etwas seltsam eingebogene Rücken, die wespenartige Dünne des Leibes schien von zu starkem Einschnüren bewirkt zu sein. In Schritt und Stellung hatte sie etwas Abgemessenes und Steifes, das manchem unangenehm auffiel; man schrieb es dem Zwange zu, den ihr die Gesellschaft auflegte. Das Konzert begann. Olimpia spielte den Flügel mit großer Fertigkeit und trug ebenso eine Bravour-Arie mit heller, beinahe schneidender Glasglockenstimme vor. Nathanael war ganz entzückt; er stand in der hintersten Reihe und konnte im blendenden Kerzenlicht Olimpias Züge nicht ganz erkennen. Ganz unvermerkt nahm er deshalb Coppolas Glas hervor und schaute hin nach der schönen Olimpia. Ach! – da wurde er gewahr, wie sie voll Sehnsucht nach ihm herübersah, wie jeder Ton erst deutlich aufging in dem Liebesblick, der zündend sein Inneres durchdrang. Die künstlichen Rouladen schienen dem Nathanael das Himmelsjauchzen des in Liebe verklärten Gemüts, und als nun endlich nach der Kadenz der lange Trillo recht schmetternd durch den Saal gellte, konnte er wie von glühenden Armen plötzlich erfasst sich nicht mehr halten, er musste vor Schmerz und Entzücken laut aufschreien: »Olimpia!« – Alle sahen sich um nach ihm, manche lachten. Der Domorganist schnitt aber noch ein finstreres Gesicht, als vorher und sagte bloß: »Nun nun!« – Das Konzert war zu Ende, der Ball fing an. Mit ihr zu tanzen! – mit ihr! das war nun dem Nathanael das Ziel aller Wünsche, alles Strebens; aber wie sich erheben zu dem Mut, sie, die Königin des Festes, aufzufordern? Doch! – er selbst wusste nicht wie es geschah, dass er, als schon der Tanz angefangen, dicht neben Olimpia stand, die noch nicht aufgefordert worden, und dass er, kaum vermögend einige Worte zu stammeln, ihre Hand ergriff. Eiskalt war Olimpias Hand, er fühlte sich durchbebt von grausigem Todesfrost, er starrte Olimpia ins Auge, das strahlte ihm voll Liebe und Sehnsucht entgegen und in dem Augenblick war es auch, als fingen an in der kalten Hand Pulse zu schlagen und des Lebensblutes Ströme zu glühen. Und auch in Nathanaels Innerm glühte höher auf die Liebeslust, er umschlang die schöne Olimpia und durchflog mit ihr die Reihen. – Er glaubte sonst recht taktmäßig getanzt zu haben, aber an der ganz eignen rhythmischen Festigkeit, womit Olimpia tanzte und die ihn oft ordentlich aus der Haltung brachte, merkte er bald, wie sehr ihm der Takt gemangelt. Er wollte jedoch mit keinem andern Frauenzimmer mehr tanzen und hätte jeden, der sich Olimpia näherte, um sie aufzufordern, nur gleich ermorden mögen. Doch nur zwei Mal geschah dies, zu seinem Erstaunen blieb darauf Olimpia bei jedem Tanze sitzen und er ermangelte nicht, immer wieder sie aufzuziehen. Hätte Nathanael außer der schönen Olimpia noch etwas anders zu sehen vermocht, so wäre allerlei fataler Zank und Streit unvermeidlich gewesen; denn offenbar ging das halbleise, mühsam unterdrückte Gelächter, was sich in diesem und jenem Winkel unter den jungen Leuten erhob, auf die schöne Olimpia, die sie mit ganz kuriosen Blicken verfolgten, man konnte gar nicht wissen, warum? Durch den Tanz und durch den reichlich genossenen Wein erhitzt, hatte Nathanael alle ihm sonst eigne Scheu abgelegt. Er saß neben Olimpia, ihre Hand in der seinigen und sprach hoch entflammt und begeistert von seiner Liebe in Worten, die keiner verstand, weder er, noch Olimpia. Doch diese vielleicht; denn sie sah ihm unverrückt ins Auge und seufzte ein Mal übers andere: »Ach – Ach – Ach!« – worauf denn Nathanael also sprach: »O du herrliche, himmlische Frau! – Du Strahl aus dem verheißenen Jenseits der Liebe – Du tiefes Gemüt, in dem sich mein ganzes Sein spiegelt« und noch mehr dergleichen, aber Olimpia seufzte bloß immer wieder: »Ach, Ach!« – Der Professor Spalanzani ging einige Mal bei den Glücklichen vorüber und lächelte sie ganz seltsam zufrieden an. Dem Nathanael schien es, unerachtet er sich in einer ganz andern Welt befand, mit einem Mal, als würd es hienieden beim Professor Spalanzani merklich finster; er schaute um sich und wurde zu seinem nicht geringen Schreck gewahr, dass eben die zwei letzten Lichter in dem leeren Saal herniederbrennen und ausgehen wollten. Längst hatten Musik und Tanz aufgehört. »Trennung, Trennung«, schrie er ganz wild und verzweifelt, er küsste Olimpias Hand, er neigte sich zu ihrem Munde, eiskalte Lippen begegneten seinen glühenden! – Sowie, als er Olimpias kalte Hand berührte, fühlte er sich von innerem Grausen erfasst, die Legende von der toten Braut ging ihm plötzlich durch den Sinn; aber fest hatte ihn Olimpia an sich gedrückt, und in dem Kuss schienen die Lippen zum Leben zu erwärmen. – Der Professor Spalanzani schritt langsam durch den leeren Saal, seine Schritte klangen hohl wider und seine Figur, von flackernden Schlagschatten umspielt, hatte ein grauliches gespenstisches Ansehen. »Liebst du mich – Liebst du mich Olimpia? – Nur dies Wort! – Liebst du mich?«, so flüsterte Nathanael, aber Olimpia seufzte, indem sie aufstand, nur: »Ach – Ach!« »Ja du mein holder, herrlicher Liebesstern«, sprach Nathanael, »bist mir aufgegangen und wirst leuchten, wirst verklären mein Inneres immerdar!« »Ach, ach!«, replizierte Olimpia fortschreitend. Nathanael folgte ihr, sie standen vor dem Professor. »Sie haben sich außerordentlich lebhaft mit meiner Tochter unterhalten«, sprach dieser lächelnd: »Nun, nun lieber Herr Nathanael, finden Sie Geschmack daran, mit dem blöden Mädchen zu konversieren, so sollen mir Ihre Besuche willkommen sein.« – Einen ganzen hellen strahlenden Himmel in der Brust schied Nathanael von dannen: Spalanzanis Fest war der Gegenstand des Gesprächs in den folgenden Tagen. Unerachtet der Professor alles getan hatte, recht splendid zu erscheinen, so wussten doch die lustigen Köpfe von allerlei Unschicklichem und Sonderbarem zu erzählen, das sich begeben, und vorzüglich fiel man über die todstarre, stumme Olimpia her, der man, ihres schönen Äußern unerachtet, totalen Stumpfsinn andichten und darin die Ursache finden wollte, warum Spalanzani sie so lange verborgen gehalten. Nathanael vernahm das nicht ohne innern Grimm, indessen schwieg er; denn, dachte er, würde es wohl verlohnen, diesen Burschen zu beweisen, dass eben ihr eigner Stumpfsinn es ist, der sie Olimpias tiefes herrliches Gemüt zu erkennen hindert? »Tu mir den Gefallen Bruder«, sprach eines Tages Siegmund, »tu mir den Gefallen und sage, wie es dir gescheuten Kerl möglich war, dich in das Wachsgesicht, in die Holzpuppe da drüben zu vergaffen?« Nathanael wollte zornig auffahren, doch schnell besann er sich und erwiderte: »Sage du mir Siegmund, wie deinem, sonst alles Schöne klar auffassenden Blick, deinem regen Sinn, Olimpias himmlischer Liebreiz entgehen konnte? Doch eben deshalb habe ich, Dank sei es dem Geschick, dich nicht zum Nebenbuhler; denn sonst müsste einer von uns blutend fallen.« Siegmund merkte wohl, wie es mit dem Freunde stand, lenkte geschickt ein, und fügte, nachdem er geäußert, dass in der Liebe niemals über den Gegenstand zu richten sei, hinzu: »Wunderlich ist es doch, dass viele von uns über Olimpia ziemlich gleich urteilen. Sie ist uns – nimm es nicht übel, Bruder! – auf seltsame Weise starr und seelenlos erschienen. Ihr Wuchs ist regelmäßig, so wie ihr Gesicht, das ist wahr! – Sie könnte für schön gelten, wenn ihr Blick nicht so ganz ohne Lebensstrahl, ich möchte sagen, ohne Sehkraft wäre. Ihr Schritt ist sonderbar abgemessen, jede Bewegung scheint durch den Gang eines aufgezogenen Räderwerks bedingt. Ihr Spiel, ihr Singen hat den unangenehm richtigen geistlosen Takt der singenden Maschine und ebenso ist ihr Tanz. Uns ist diese Olimpia ganz unheimlich geworden, wir mochten nichts mit ihr zu schaffen haben, es war uns als tue sie nur so wie ein lebendiges Wesen und doch habe es mit ihr eine eigne Bewandtnis.« – Nathanael gab sich dem bittern

Gefühl, das ihn bei diesen Worten Siegmunds ergreifen wollte, durchaus nicht hin, er wurde Herr seines Unmuts und sagte bloß sehr ernst: »Wohl mag euch, ihr kalten prosaischen Menschen, Olimpia unheimlich sein. Nur dem poetischen Gemüt entfaltet sich das gleich organisierte! – Nur *mir* ging ihr Liebesblick auf und durchstrahlte Sinn und Gedanken, nur in Olimpias Liebe finde ich mein Selbst wieder. Auch mag es nicht recht sein, dass sie nicht in platter Konversation faselt, wie die andern flachen Gemüter. Sie spricht wenig Worte, das ist wahr; aber diese wenigen Worte erscheinen als echte Hieroglyphe der innern Welt voll Liebe und hoher Erkenntnis des geistigen Lebens in der Anschauung des ewigen Jenseits. Doch für alles das habt ihr keinen Sinn und alles sind verlorne Worte.« »Behüte dich Gott, Herr Bruder«, sagte Siegmund sehr sanft, beinahe wehmütig, »aber mir scheint es, du seist auf bösem Wege. Auf mich kannst du rechnen, wenn alles – Nein, ich mag nichts weiter sagen! –« Dem Nathanael war es plötzlich, als meine der kalte prosaische Siegmund es sehr treu mit ihm, er schüttelte daher die ihm dargebotene Hand recht herzlich. –

Nathanael hatte rein vergessen, dass es eine Clara in der Welt gebe, die er sonst geliebt; – die Mutter – Lothar – Alle waren aus seinem Gedächtnis entschwunden, er lebte nur für Olimpia, bei der er täglich stundenlang saß und von seiner Liebe, von zum Leben erglühter Sympathie, von psychischer Wahlverwandtschaft fantasierte, welches alles Olimpia mit großer Andacht anhörte. Aus dem tiefsten Grunde des Schreibpults holte Nathanael alles hervor, was er jemals geschrieben. Gedichte, Fantasien, Visionen, Romane, Erzählungen, das wurde täglich vermehrt mit allerlei ins Blaue fliegenden Sonetten, Stanzen, Kanzonen, und das alles las er der Olimpia stundenlang hintereinander vor, ohne zu ermüden. Aber auch noch nie hatte er eine solche herrliche Zuhörerin gehabt. Sie stickte und strickte nicht, sie sah nicht durchs

Fenster, sie fütterte keinen Vogel, sie spielte mit keinem Schoßhündchen, mit keiner Lieblingskatze, sie drehte kein Papierschnitzchen, oder sonst etwas in der Hand, sie durfte kein Gähnen durch einen leise erzwungenen Husten bezwingen – Kurz! – Stundenlang sah sie mit starrem Blick unverwandt dem Geliebten ins Auge, ohne sich zu rücken und zu bewegen und immer glühender, immer lebendiger wurde dieser Blick. Nur wenn Nathanael endlich aufstand und ihr die Hand, auch wohl den Mund küsste, sagte sie: »Ach, Ach!« – dann aber: »Gute Nacht, mein Lieber!« – »O du herrliches, du tiefes Gemüt«, rief Nathanael auf seiner Stube: »nur von dir, von dir allein werd ich ganz verstanden.« Er erbebte vor innerem Entzücken, wenn er bedachte, welch wunderbarer Zusammenklang sich in seinem und Olimpias Gemüt täglich mehr offenbare; denn es schien ihm, als habe Olimpia über seine Werke, über seine Dichtergabe überhaupt recht tief aus seinem Innern gesprochen, ja als habe die Stimme aus seinem Innern selbst herausgetönt. Das musste denn wohl auch sein; denn mehr Worte als vorhin erwähnt, sprach Olimpia niemals. Erinnerte sich aber auch Nathanael in hellen nüchternen Augenblicken, z. B. morgens gleich nach dem Erwachen, wirklich an Olimpias gänzliche Passivität und Wortkargheit, so sprach er doch: »Was sind Worte – Worte! – Der Blick ihres himmlischen Auges sagt mehr als jede Sprache hienieden. Vermag denn überhaupt ein Kind des Himmels sich einzuschichten in den engen Kreis, den ein klägliches irdisches Bedürfnis gezogen?« – Professor Spalanzani schien hoch erfreut über das Verhältnis seiner Tochter mit Nathanael; er gab diesem allerlei unzweideutige Zeichen seines Wohlwollens und als es Nathanael endlich wagte von ferne auf eine Verbindung mit Olimpia anzuspielen, lächelte dieser mit dem ganzen Gesicht und meinte: Er werde seiner Tochter völlig freie Wahl lassen. – Ermutigt durch diese Worte, brennendes Verlangen im Herzen, beschloss Nathanael, gleich am folgenden Tage Olimpia anzuflehen, dass sie das unumwunden in deutlichen Worten ausspreche, was längst ihr holder Liebesblick ihm gesagt, dass sie sein Eigen immerdar sein wolle. Er suchte nach dem Ringe, den ihm beim Abschiede die Mutter geschenkt, um ihn Olimpia als Symbol seiner Hingebung, seines mit ihr aufkeimenden blühenden Lebens darzureichen. Claras, Lothars Briefe fielen ihm dabei in die Hände; gleichgültig warf er sie beiseite, fand den Ring, steckte ihn ein und rannte herüber zu Olimpia. Schon auf der Treppe, auf dem Flur, vernahm er ein wunderliches Getöse; es schien aus Spalanzanis Studierzimmer herauszuschallen. – Ein Stampfen – ein Klirren – ein Stoßen – Schlagen gegen die Tür, dazwischen Flüche und Verwünschungen. »Lass los – lass los – Infamer – Verruchter! – Darum Leib und Leben daran gesetzt? – ha ha ha ha! – so haben wir nicht gewettet – ich, ich hab die Augen gemacht – ich das Räderwerk – dummer Teufel mit deinem Räderwerk – verfluchter Hund von einfältigem Uhrmacher – fort mit dir – Satan – halt – Puppendreher – teuflischer Bestie! – halt – fort – lass los!« – Es waren Spalanzanis und des grässlichen Coppelius Stimmen, die so durcheinander schwirrten und tobten. Hinein stürzte Nathanael von namenloser Angst ergriffen. Der Professor hatte eine weibliche Figur bei den Schultern gepackt, der Italiener Coppola bei den Füßen, die zerrten und zogen sie hin und her, streitend in voller Wut um den Besitz. Voll tiefen Entsetzens prallte Nathanael zurück, als er die Figur für Olimpia erkannte; aufflammend in wildem Zorn wollte er den Wütenden die Geliebte entreißen, aber in dem Augenblick wand Coppola sich mit Riesenkraft drehend die Figur dem Professor aus den Händen und versetzte ihm mit der Figur selbst einen fürchterlichen Schlag, dass er rücklings über den Tisch, auf dem Phiolen, Retorten, Flaschen, gläserne Zylinder standen, taumelte und hinstürzte; alles Gerät klirrte in tausend Scherben zusammen. Nun warf

Coppola die Figur über die Schulter und rannte mit fürchterlich gellendem Gelächter rasch fort die Treppe herab, so dass die hässlich herunterhängenden Füße der Figur auf den Stufen hölzern klapperten und dröhnten. – Erstarrt stand Nathanael – nur zu deutlich hatte er gesehen, Olimpias toderbleichtes Wachsgesicht hatte keine Augen, statt ihrer schwarze Höhlen; sie war eine leblose Puppe. Spalanzani wälzte sich auf der Erde, Glasscherben hatten ihm Kopf, Brust und Arm zerschnitten, wie aus Springquellen strömte das Blut empor. Aber er raffte seine Kräfte zusammen. – »Ihm nach – ihm nach, was zauderst du? – Coppelius – Coppelius, mein bestes Automat hat er mir geraubt – Zwanzig Jahre daran gearbeitet – Leib und Leben daran gesetzt – das Räderwerk – Sprache – Gang – mein – die Augen – die Augen dir gestohlen. – Verdammter – Verfluchter – ihm nach – hol mir Olimpia – da hast du die Augen! –« Nun sah Nathanael, wie ein Paar blutige Augen auf dem Boden liegend ihn anstarrten, die ergriff Spalanzani mit der unverletzten Hand und warf sie nach ihm, dass sie seine Brust trafen. – Da packte ihn der Wahnsinn mit glühenden Krallen und fuhr in sein Inneres hinein Sinn und Gedanken zerreißend. »Hui – hui – hui! – *Feuerkreis – Feuerkreis!* dreh dich *Feuerkreis* – lustig – lustig! – Holzpüppchen hui schön Holzpüppchen dreh dich –«, damit warf er sich auf den Professor und drückte ihm die Kehle zu. Er hätte ihn erwürgt, aber das Getöse hatte viele Menschen herbeigelockt, die drangen ein, rissen den wütenden Nathanael auf und retteten so den Professor, der gleich verbunden wurde. Siegmund, so stark er war, vermochte nicht den Rasenden zu bändigen; der schrie mit fürchterlicher Stimme immer fort: »Holzpüppchen dreh dich« und schlug um sich mit geballten Fäusten. Endlich gelang es der vereinten Kraft mehrerer, ihn zu überwältigen, indem sie ihn zu Boden warfen und banden. Seine Worte gingen unter in entsetzlichem tierischen Gebrüll. So in grässlicher Raserei tobend wurde er nach dem Tollhause gebracht. – Ehe ich, günstiger Leser!, dir zu erzählen fortfahre, was sich weiter mit dem unglücklichen Nathanael zugetragen, kann ich dir, solltest du einigen Anteil an dem geschickten Mechanicus und Automat-Fabrikanten Spalanzani nehmen, versichern, dass er von seinen Wunden völlig geheilt wurde. Er musste indes die Universität verlassen, weil Nathanaels Geschichte Aufsehen erregt hatte und es allgemein für gänzlich unerlaubten Betrug gehalten wurde, vernünftigen Teezirkeln (Olimpia hatte sie mit Glück besucht) statt der lebendigen Person eine Holzpuppe einzuschwärzen. Juristen nannten es sogar einen feinen und umso härter zu bestrafenden Betrug, als er gegen das Publikum gerichtet und so schlau angelegt worden, dass kein Mensch (ganz kluge Studenten ausgenommen) es gemerkt habe, unerachtet jetzt alle weise tun und sich auf allerlei Tatsachen berufen wollten, die ihnen verdächtig vorgekommen. Diese Letzteren brachten aber eigentlich nichts Gescheutes zu Tage. Denn konnte z. B. wohl irgendjemanden verdächtig vorgekommen sein, dass nach der Aussage eines eleganten Teeisten Olimpia gegen alle Sitte öfter genieset, als gegähnt hatte? Ersteres, meinte der Elegant, sei das Selbstaufziehen des verborgenen Triebwerks gewesen, merklich habe es dabei geknarrt usw. Der Professor der Poesie und Beredsamkeit nahm eine Prise, klappte die Dose zu, räusperte sich und sprach feierlich: »Hoch zuverehrende Herren und Damen!, merken Sie denn nicht, wo der Hase im Pfeffer liegt? Das Ganze ist eine Allegorie – eine fortgeführte Metapher! – Sie verstehen mich! – Sapienti sat!« Aber viele hoch zu verehrende Herren beruhigten sich nicht dabei; die Geschichte mit dem Automat hatte tief in ihrer Seele Wurzel gefasst und es schlich sich in der Tat abscheuliches Misstrauen gegen menschliche Figuren ein. Um nun ganz überzeugt zu werden, dass man keine Holzpuppe liebe, wurde von mehrern Liebhabern verlangt, dass die Geliebte etwas taktlos singe und tanze, dass sie beim Vorlesen sticke, stricke, mit dem Möpschen spiele usw., vor allen Dingen aber, dass sie nicht bloß höre, sondern auch manchmal in *der* Art spreche, dass dies Sprechen wirklich ein Denken und Empfindungen voraussetze. Das Liebesbündnis vieler wurde fester und dabei anmutiger, andere dagegen gingen leise auseinander. »Man kann wahrhaftig nicht dafür stehen«, sagte dieser und jener. In den Tees wurde unglaublich gegähnt und niemals genieset, um jedem Verdacht zu begegnen. – Spalanzani musste, wie gesagt, fort, um der Kriminaluntersuchung wegen der menschlichen Gesellschaft betrüglicherweise eingeschobenen Automats zu entgehen. Coppola war auch verschwunden. –

Nathanael erwachte wie aus schwerem, fürchterlichem Traum, er schlug die Augen auf und fühlte wie ein unbeschreibliches Wonnegefühl mit sanfter himmlischer Wärme ihn durchströmte. Er lag in seinem Zimmer in des Vater Hause auf dem Bette, Clara hatte sich über ihn hingebeugt und unfern standen die Mutter und Lothar. »Endlich, endlich, o mein herzlieber Nathanael – nun bist du genesen von schwerer Krankheit – nun bist du wieder mein!« – So sprach Clara recht aus tiefer Seele und fasste den Nathanael in ihre Arme. Aber dem quollen vor lauter Wehmut und Entzücken die hellen glühenden Tränen aus den Augen und er stöhnte tief auf: »Meine – meine Clara!« – Siegmund, der getreulich ausgeharrt bei dem Freunde in großer Not, trat herein. Nathanael reichte ihm die Hand: »Du treuer Bruder hast mich doch nicht verlassen.« – Jede Spur des Wahnsinns war verschwunden, bald erkräftigte sich Nathanael in der sorglichen Pflege der Mutter, der Geliebten, der Freunde. Das Glück war unterdessen in das Haus eingekehrt; denn ein alter karger Oheim, von dem niemand etwas gehofft, war gestorben und hatte der Mutter nebst einem nicht unbedeutenden Vermögen ein Gütchen in einer angenehmen Gegend unfern der Stadt hinterlassen. Dort wollten sie hinziehen, die Mutter, Nathanael mit seiner Clara, die er nun zu heiraten gedachte, und Lothar. Nathanael war milder, kindlicher geworden, als er je gewesen und erkannte nun erst recht Claras himmlisch reines, herrliches Gemüt. Niemand erinnerte ihn auch nur durch den leisesten Anklang an die Vergangenheit. Nur, als Siegmund von ihm schied, sprach Nathanael: »Bei Gott Bruder!, ich war auf schlimmen Wege, aber zu rechter Zeit leitete mich ein Engel auf den lichten Pfad! – Ach es war ja Clara! –« Siegmund ließ ihn nicht weiter reden, aus Besorgnis, tief verletzende Erinnerungen möchten ihm zu hell und flammend aufgehen. – Es war an der Zeit, dass die vier glücklichen Menschen nach dem Gütchen ziehen wollten. Zur Mittagsstunde gingen sie durch die Straßen der Stadt. Sie hatten manches eingekauft, der hohe Ratsturm warf seinen Riesenschatten über den Markt. »Ei!«, sagte Clara, »steigen wir doch noch ein Mal herauf und schauen in das ferne Gebirge hinein!« Gesagt, getan! Beide, Nathanael und Clara, stiegen herauf, die Mutter ging mit der Dienstmagd nach Hause, und Lothar, nicht geneigt, die vielen Stufen zu erklettern, wollte unten warten. Da standen die beiden Liebenden Arm in Arm auf der höchsten Galerie des Turmes und schauten hinein in die duftigen Waldungen, hinter denen das blaue Gebirge, wie eine Riesenstadt, sich erhob.

»Sieh doch den sonderbaren kleinen grauen Busch, der ordentlich auf uns loszuschreiten scheint«, frug Clara. – Nathanael fasste mechanisch nach der Seitentasche; er fand Coppolas Perspektiv, er schaute seitwärts – Clara stand vor dem Glase! – Da zuckte es krampfhaft in seinen Pulsen und Adern – totenbleich starrte er Clara an, aber bald glühten und sprühten Feuerströme durch die rollenden Augen, grässlich brüllte er auf, wie ein gehetztes Tier; dann sprang er hoch in die Lüfte und grausig dazwischen lachend schrie er in schneidendem Ton: »Holzpüppchen dreh dich – Holzpüppchen dreh dich« – und mit gewaltiger Kraft fasste er Clara und wollte sie herabschleudern, aber Clara krallte sich in verzweifelnder Todesangst fest an das Geländer. Lothar hörte den Rasenden toben, er hörte Claras Angstgeschrei, grässliche Ahnung durchflog ihn, er rannte herauf, die Tür der zweiten Treppe war verschlossen – stärker hallte Claras Jammergeschrei. Unsinnig vor Wut und Angst stieß er gegen die Tür, die endlich aufsprang – Matter und matter wurden nun Claras Laute: »Hülfe – rettet – rettet –«, so erstarb die Stimme in den Lüften. »Sie ist hin – ermordet von dem Rasenden«, so schrie Lothar. Auch die Tür zur Galerie war zugeschlagen. – Die Verzweiflung gab ihm Riesenkraft, er sprengte die Tür aus den Angeln. Gott im Himmel – Clara schwebte von dem rasenden Nathanael erfasst über der Galerie in den Lüften – nur mit einer Hand hatte sie noch die Eisenstäbe umklammert. Rasch wie der Blitz erfasste Lothar die Schwester, zog sie hinein, und schlug in demselben Augenblick mit geballter Faust dem Wütenden ins Gesicht, dass er zurückprallte und die Todesbeute fahren ließ.

Lothar rannte herab, die ohnmächtige Schwester in den Armen. – Sie war gerettet. – Nun raste Nathanael herum auf der Galerie und sprang hoch in die Lüfte und schrie: »*Feuerkreis* dreh dich – *Feuerkreis* dreh dich« – Die Menschen liefen auf das wilde Geschrei zusammen; unter ihnen ragte riesengroß der Advokat Coppelius hervor, der eben in die Stadt gekommen und gerades Weges nach dem Markt geschritten war. Man wollte herauf, um sich des Rasenden zu bemächtigen, da lachte Coppelius sprechend: »Ha ha – wartet nur, der kommt schon herunter von selbst«, und schaute wie die Übrigen hinauf. Nathanael blieb plötzlich wie erstarrt stehen, er bückte sich herab, wurde den Coppelius gewahr und mit dem gellenden Schrei: »Ha! Sköne Oke – Sköne Oke«, sprang er über das Geländer. –

Als Nathanael mit zerschmettertem Kopf auf dem Steinpflaster lag, war Coppelius im Gewühl verschwunden. –

Nach mehreren Jahren will man in einer entfernten Gegend Clara gesehen haben, wie sie mit einem freundlichen Mann, Hand in Hand vor der Türe eines schönen Landhauses saß und vor ihr zwei muntre Knaben spielten. Es wäre daraus zu schließen, dass Clara das ruhige häusliche Glück noch fand, was ihrem heitern lebenslustigen Sinn zusagte und das ihr der im Innern zerrissene Nathanael niemals hätte gewähren können.

Das Fräulein von Scuderi

In der Straße St. Honoré war das kleine Haus gelegen, welches Magdaleine von Scuderi, bekannt durch ihre anmutigen Verse, durch die Gunst Ludwig des XIV. und der Maintenon, bewohnte.

Spät um Mitternacht — es mochte im Herbste des Jahres 1680 sein — wurde an dieses Haus hart und heftig angeschlagen, dass es im ganzen Flur laut widerhallte. — Baptiste, der in des Fräuleins kleinem Haushalt Koch, Bedienten und Türsteher zugleich vorstellte, war mit Erlaubnis seiner Herrschaft über Land gegangen zur Hochzeit seiner Schwester, und so kam es, dass die Martiniere, des Fräuleins Kammerfrau, allein im Hause noch wachte. Sie hörte die wiederholten Schläge, es fiel ihr ein, dass Baptiste fortgegangen, und sie mit dem Fräulein ohne weitern Schutz im Hause geblieben sei; aller Frevel von Einbruch, Diebstahl und Mord, wie er jemals in Paris verübt worden, kam ihr in den Sinn, es wurde ihr gewiss, dass irgendein Haufen Meuter, von der Einsamkeit des Hauses unterrichtet, da draußen tobe, und eingelassen ein böses Vorhaben gegen die Herrschaft ausführen wolle, und so blieb sie in ihrem Zimmer zitternd und zagend, und den Baptiste verwünschend samt seiner Schwester Hochzeit. Unterdessen donnerten die Schläge immer fort, und es war ihr, als rufe eine Stimme dazwischen: »So macht doch nur auf um Christus willen, so macht doch nur auf!« Endlich in steigender Angst ergriff die Martiniere schnell den Leuchter mit der brennenden Kerze, und rannte hinaus auf den Flur; da vernahm sie ganz deutlich die Stimme des Anpochenden: »Um Christus willen, so macht doch nur auf!« »In der Tat«, dachte die Martiniere, »so spricht doch wohl kein Räuber; wer weiß, ob nicht gar ein Verfolgter Zuflucht sucht bei meiner Herrschaft, die ja geneigt ist zu jeder Wohltat. Aber lasst uns vorsichtig sein!« — Sie öffnete ein Fenster und rief hinab, wer denn da unten in später Nacht so an der Haustür tobe, und alles aus dem Schlafe wecke, indem sie ihrer tiefen

Stimme so viel Männliches zu geben sich bemühte, als nur möglich. In dem Schimmer der Mondesstrahlen, die eben durch die finstern Wolken brachen, gewahrte sie eine lange, in einen hellgrauen Mantel gewickelte Gestalt, die den breiten Hut tief in die Augen gedrückt hatte. Sie rief nun mit lauter Stimme, so, dass es der unten vernehmen konnte: »Baptiste, Claude, Pierre, steht auf, und seht einmal zu, welcher Taugenichts uns das Haus einschlagen will!« Da sprach es aber mit sanfter, beinahe klagender Stimme von unten herauf: »Ach! la Martiniere, ich weiß ja, dass Ihr es seid, liebe Frau, so sehr Ihr Eure Stimme zu verstellen trachtet, ich weiß ja, dass Baptiste über Land gegangen ist, und Ihr mit Eurer Herrschaft allein im Hause seid. Macht mir nur getrost auf, befürchtet nichts. Ich muss durchaus mit Eurem Fräulein sprechen, noch in dieser Minute.« »Wo denkt Ihr hin«, erwiderte die Martiniere, »mein Fräulein wollt Ihr sprechen mitten in der Nacht? Wisst Ihr denn nicht, dass sie längst schläft, und dass ich sie um keinen Preis wecken werde aus dem ersten süßesten Schlummer, dessen sie in ihren Jahren wohl bedarf.« »Ich weiß«, sprach der Untenstehende, »ich weiß, dass Euer Fräulein soeben das Manuskript ihres Romans, ›Clelia‹ geheißen, an dem sie rastlos arbeitet, beiseite gelegt hat, und jetzt noch einige Verse aufschreibt, die sie morgen bei der Marquise de Maintenon vorzulesen gedenkt. Ich beschwöre Euch, Frau Martiniere, habt die Barmherzigkeit, und öffnet mir die Türe. Wisst, dass es darauf ankommt, einen Unglücklichen vom Verderben zu retten, wisst, dass Ehre, Freiheit, ja das Leben eines Menschen abhängt von diesem Augenblick, in dem ich Euer Fräulein sprechen muss. Bedenkt, dass Eurer Gebieterin Zorn ewig auf Euch lasten würde, wenn sie erführe, dass Ihr es waret, die den Unglücklichen, welcher kam, ihre Hülfe zu erflehen, hartherzig von der Türe wieset.« »Aber warum sprecht Ihr denn meines Fräuleins Mitleid an in dieser ungewöhnlichen Stunde, kommt morgen zu guter

Zeit wieder«, so sprach die Martiniere herab; da erwiderte der unten: »Kehrt sich denn das Schicksal, wenn es verderbend wie der tötende Blitz einschlägt, an Zeit und Stunde? Darf, wenn nur ein Augenblick Rettung noch möglich ist, die Hülfe aufgeschoben werden? Öffnet mir die Türe, fürchtet doch nur nichts von einem Elenden, der schutzlos, verlassen von aller Welt, verfolgt, bedrängt von einem Ungeheuern Geschick Euer Fräulein um Rettung anflehen will aus drohender Gefahr!« Die Martiniere vernahm, wie der Untenstehende bei diesen Worten vor tiefem Schmerz stöhnte und schluchzte; dabei war der Ton von seiner Stimme der eines Jünglings, sanft und eindringend tief in die Brust. Sie fühlte sich im Innersten bewegt, ohne sich weiter lange zu besinnen, holte sie die Schlüssel herbei.

Sowie sie die Türe kaum geöffnet, drängte sich ungestüm die im Mantel gehüllte Gestalt hinein und rief, der Martiniere vorbeischreitend in den Flur, mit wilder Stimme: »Führt mich zu Euerm Fräulein!« Erschrocken hob die Martiniere den Leuchter in die Höhe, und der Kerzenschimmer fiel in ein todbleiches, furchtbar entstelltes Jünglingsantlitz. Vor Schrecken hätte die Martiniere zu Boden sinken mögen, als nun der Mensch den Mantel auseinanderschlug, und der blanke Griff eines Stiletts aus dem Brustlatz hervorragte. Es blitzte der Mensch sie an mit funkelnden Augen und rief noch wilder als zuvor: »Führt mich zu Euerm Fräulein, sage ich Euch!« Nun sah die Martiniere ihr Fräulein in der dringendsten Gefahr, alle Liebe zu der teuren Herrschaft, in der sie zugleich die fromme, treue Mutter ehrte, flammte stärker auf im Innern, und erzeugte einen Mut, dessen sie wohl selbst sich nicht fähig geglaubt hätte. Sie warf die Türe ihres Gemachs, die sie offen gelassen, schnell zu, trat vor dieselbe und sprach stark und fest: »In der Tat, Euer tolles Betragen hier im Hause passt schlecht zu Euern kläglichen Worten da draußen, die, wie ich nun wohl merke, mein Mitleiden sehr zu unrechter Zeit erweckt haben. Mein Fräulein sollt und werdet Ihr jetzt nicht sprechen. Habt Ihr nichts Böses im Sinn, dürft Ihr den Tag nicht scheuen, so kommt morgen wieder, und bringt Eure Sache an! – jetzt schert Euch aus dem Hause!« Der Mensch stieß einen dumpfen Seufzer aus, blickte die Martiniere starr an mit entsetzlichem Blick, und griff nach dem Stilett. Die Martiniere befahl im Stillen ihre Seele dem Herrn, doch blieb sie standhaft, und sah dem Menschen keck ins Auge, indem sie sich fester an die Türe des Gemachs drückte, durch welches der Mensch gehen musste, um zu dem Fräulein zu gelangen. »Lasst mich zu Euerm Fräulein, sage ich Euch«, rief der Mensch nochmals. »Tut was Ihr wollt«, erwiderte die Martiniere, »ich weiche nicht von diesem Platz, vollendet nur die böse Tat, die Ihr begonnen, auch Ihr werdet den schmachvollen Tod finden auf dem Greveplatz, wie Eure verruchten Spießgesellen.« »Ha«, schrie der Mensch auf, »Ihr habt Recht, la Martiniere!, ich sehe aus, ich bin bewaffnet wie ein verruchter Räuber und Mörder, aber meine Spießgesellen sind nicht gerichtet, sind nicht gerichtet!« – Und damit zog er, giftige Blicke schießend, auf die zum Tode geängstete Frau, das Stilett heraus. »Jesus!«, rief sie, den Todesstoß erwartend, aber in dem Augenblick ließ sich auf der Straße das Geklirr von Waffen, der Huftritt von Pferden hören. »Die Marechaussee – die Marechaussee. Hülfe, Hülfe!«, schrie die Martiniere. »Entsetzliches Weib, du willst mein Verderben – nun ist alles aus, alles aus!, nimm! – nimm; gib das dem Fräulein heute noch – morgen wenn du willst« – dies leise murmelnd hatte der Mensch der Martiniere den Leuchter weggerissen, die Kerzen verlöscht und ihr ein Kästchen in die Hände gedrückt. »Um deiner Seligkeit willen, gib das Kästchen dem Fräulein«, rief der Mensch und sprang zum Hause hinaus. Die Martiniere war zu Boden gesunken, mit Mühe stand sie auf, und tappte sich in der Finsternis zurück in ihr Gemach, wo sie ganz erschöpft, keines Lautes mächtig, in den Lehnstuhl sank. Nun hörte sie die Schlüssel klirren, die sie im Schloss der Haustüre hatte stecken lassen. Das Haus wurde zugeschlossen und leise unsichere Tritte nahten sich dem Gemach. Fest gebannt, ohne Kraft sich zu regen, erwartete sie das Grässliche; doch wie geschah ihr, als die Türe aufging und sie bei dem Scheine der Nachtlampe auf den ersten Blick den ehrlichen Baptiste erkannte; der sah leichenblass aus und ganz verstört. »Um aller Heiligen willen«, fing er an, »um aller Heiligen willen, sagt mir Frau Martiniere, was ist geschehen? Ach die Angst!, die Angst! – Ich weiß nicht was es war, aber fortgetrieben hat es mich von der Hochzeit gestern Abend mit Gewalt! – Und nun komme ich in die Straße. Frau Martiniere, denk ich, hat einen leisen Schlaf, die wird's wohl hören, wenn ich leise und säuberlich anpoche an die Haustüre, und mich hineinlassen. Da kommt mir eine starke Patrouille entgegen, Reuter, Fußvolk bis an die Zähne bewaffnet, und hält mich an und will mich nicht fortlassen. Aber zum Glück ist Desgrais dabei, der Marechaussee-Lieutenant, der mich recht gut kennt; der spricht, als sie mir die Laterne unter die Nase halten: ›Ei Baptiste, wo kommst du her des Wegs in der Nacht? Du musst fein im Hause bleiben und es hüten. Hier ist es nicht geheuer, wir denken noch in dieser Nacht einen guten Fang zu machen.‹ Ihr glaubt gar nicht, Frau Martiniere, wie mir diese Worte aufs Herz fielen. Und nun trete ich auf die Schwelle, und da stürzt ein verhüllter Mensch aus dem Hause, das blanke Stilett in der Faust, und rennt mich um und um – das Haus ist offen, die Schlüssel stecken im Schlosse – sagt, was hat das alles zu bedeuten?« Die Martiniere, von ihrer Todesangst befreit, erzählte, wie sich alles begeben. Beide, sie und Baptiste, gingen in den Hausflur, sie fanden den Leuchter auf dem Boden, wo der fremde Mensch ihn im Entfliehen hingeworfen. »Es ist nur zu gewiss«, sprach Baptiste, dass unser Fräulein beraubt und wohl gar ermordet werden sollte. Der Mensch wusste, wie Ihr erzählt, dass Ihr allein wart mit dem Fräulein, ja sogar, dass sie noch wachte bei ihren Schriften; gewiss war es einer von den verfluchten Gaunern und Spitzbuben, die bis ins Innere der Häuser dringen, alles listig auskundschaftend, was ihnen zur Ausführung ihrer teuflischen Anschläge dienlich. Und das kleine Kästchen, Frau Martiniere, das, denk ich, werfen wir in die Seine, wo sie am tiefsten ist. Wer steht uns dafür, dass nicht irgendein verruchter Unhold unserm guten Fräulein nach dem Leben trachtet, dass sie, das Kästchen öffnend, nicht tot niedersinkt, wie der alte Marquis von Tournay, als er den Brief aufmachte, den er von unbekannter Hand erhalten!« – Lange ratschlagend, beschlossen die Getreuen endlich, dem Fräulein am andern Morgen alles zu erzählen und ihr auch das geheimnisvolle Kästchen einzuhändigen, das ja mit gehöriger Vorsicht geöffnet werden könne. Beide, erwägten sie genau jeden Umstand der Erscheinung des verdächtigen Fremden, meinten, dass wohl ein besonderes Geheimnis im Spiele sein könne, über das sie eigenmächtig nicht schalten dürften, sondern die Enthüllung ihrer Herrschaft überlassen müssten. –

* * *

Baptistes Besorgnisse hatten ihren guten Grund. Gerade zu der Zeit war Paris der Schauplatz der verruchtesten Gräueltaten, gerade zu der Zeit bot die teuflischste Erfindung der Hölle die leichtesten Mittel dazu dar.

Glaser, ein teutscher Apotheker, der beste Chemiker seiner Zeit, beschäftigte sich, wie es bei Leuten von seiner Wissenschaft wohl zu geschehen pflegt, mit alchymistischen Versuchen. Er hatte es darauf abgesehen, den Stein der Weisen zu finden. Ihm gesellte sich ein Italiener zu, namens *Exili*. Diesem diente aber die Goldmacherkunst nur zum Vorwande. Nur das Mischen, Kochen, Sublimieren der Giftstoffe, in denen Glaser sein Heil zu finden hoffte, wollt er erlernen, und es gelang ihm endlich, jenes feine Gift zu bereiten, das ohne

Geruch, ohne Geschmack, entweder auf der Stelle oder langsam tötend, durchaus keine Spur im menschlichen Körper zurücklässt, und alle Kunst, alle Wissenschaft der Ärzte täuscht, die, den Giftmord nicht ahnend, den Tod einer natürlichen Ursache zuschreiben müssen. So vorsichtig Exili auch zu Werke ging, so kam er doch in den Verdacht des Giftverkaufs, und wurde nach der Bastille gebracht. In dasselbe Zimmer sperrte man bald darauf den Hauptmann Godin de Sainte Croix ein. Dieser hatte mit der Marquise de Brinvillier lange Zeit in einem Verhältnisse gelebt, welches Schande über die ganze Familie brachte, und endlich, da der Marquis unempfindlich blieb für die Verbrechen seiner Gemahlin, ihren Vater, Dreux d'Aubray, Zivil-Lieutenant zu Paris, nötigte, das verbrecherische Paar durch einen Verhaftsbefehl zu trennen, den er wider den Hauptmann auswirkte. Leidenschaftlich, ohne Charakter, Frömmigkeit heuchelnd und zu Lastern aller Art geneigt von Jugend auf, eifersüchtig, rachsüchtig bis zur Wut, konnte dem Hauptmann nichts willkommner sein als Exilis teuflisches Geheimnis, das ihm die Macht gab, alle seine Feinde zu vernichten. Er wurde Exilis eifriger Schüler, und tat es bald seinem Meister gleich, sodass er, aus der Bastille entlassen, allein fortzuarbeiten imstande war.

Die Brinvillier war ein entartetes Weib, durch Sainte Croix wurde sie zum Ungeheuer. Er vermochte sie nach und nach, erst ihren eignen Vater, bei dem sie sich befand, ihn mit verruchter Heuchelei im Alter pflegend, dann ihre beiden Brüder, und endlich ihre Schwester zu vergiften; den Vater aus Rache, die andern der reichen Erbschaft wegen. Die Geschichte mehrerer Giftmörder gibt das entsetzliche Beispiel, dass Verbrechen der Art zur unwiderstehlichen Leidenschaft werden. Ohne weitern Zweck, aus reiner Lust daran, wie der Chemiker Experimente macht zu seinem Vergnügen, haben oft Giftmörder Personen gemordet, deren Leben oder Tod ihnen völlig gleich sein konnte. Das plötzliche Hinsterben mehrerer Armen im Hotel Dieu erregte später den Verdacht, dass die Brote, welche die Brinvillier dort wöchentlich auszuteilen pflegte, um als Muster der Frömmigkeit und des Wohltuns zu gelten, vergiftet waren. Gewiss ist es aber, dass sie Taubenpasteten vergiftete, und sie den Gästen, die sie geladen, vorsetzte. Der Chevalier du Guet und mehrere andere Personen fielen als Opfer dieser höllischen Mahlzeiten. Sainte Croix, sein Gehülfe la Chaussee, die Brinvillier wussten lange Zeit hindurch ihre grässliche Untaten in undurchdringliche Schleier zu hüllen; doch welche verruchte List verworfener Menschen vermag zu bestehen, hat die ewige Macht des Himmels beschlossen, schon hier auf Erden die Frevler zu richten! – Die Gifte, welche Sainte Croix bereitete, waren so fein, dass, lag das Pulver (*poudre de succession* nannten es die Pariser) bei der Bereitung offen, ein einziger Atemzug hinreichte, sich augenblicklich den Tod zu geben. Sainte Croix trug deshalb bei seinen Operationen eine Maske von feinem Glase. Diese fiel eines Tags, als er eben ein fertiges Giftpulver in eine Phiole schütten wollte, herab, und er sank, den feinen Staub des Giftes einatmend, augenblicklich tot nieder. Da er ohne Erben verstorben, eilten die Gerichte herbei, um den Nachlass unter Siegel zu nehmen. Da fand sich in einer Kiste verschlossen das ganze höllische Arsenal des Giftmords, das dem verruchten Sainte Croix zu Gebote gestanden, aber auch die Briefe der Brinvillier wurden aufgefunden, die über ihre Untaten keinen Zweifel ließen. Sie floh nach Lüttich in ein Kloster. Desgrais, ein Beamter der Marechaussee, wurde ihr nachgesendet. Als Geistlicher verkleidet, erschien er in dem Kloster, wo sie sich verborgen. Es gelang ihm, mit dem entsetzlichen Weibe einen Liebeshandel anzuknüpfen, und sie zu einer heimlichen Zusammenkunft in einem einsamen Garten vor der Stadt zu verlocken. Kaum dort angekommen, wurde sie aber von Desgrais' Häschern umringt, der geistliche Liebhaber verwandelte sich plötzlich in den Beamten der Marechaussee, und nötigte sie in den Wagen zu steigen, der vor dem Garten bereitstand, und von den Häschern umringt, gerades Wegs nach Paris abfuhr. La Chaussee war schon früher enthauptet worden, die Brinvillier litt denselben Tod, ihr Körper wurde nach der Hinrichtung verbrannt, und die Asche in die Lüfte zerstreut.

Die Pariser atmeten auf, als das Ungeheuer von der Welt war, das die heimliche mörderische Waffe ungestraft richten konnte gegen Feind und Freund. Doch bald tat es sich kund, dass des verruchten La Croix entsetzliche Kunst sich fortvererbt hatte. Wie ein unsichtbares tückisches Gespenst schlich der Mord sich ein in die engsten Kreise, wie sie Verwandtschaft – Liebe – Freundschaft nur bilden können, und erfasste sicher und schnell die unglücklichen Opfer. Der, den man heute in blühender Gesundheit gesehen, wankte morgen krank und siech umher, und keine Kunst der Ärzte konnte ihn vor dem Tode retten. Reichtum – ein einträgliches Amt – ein schönes, vielleicht zu jugendliches Weib – das genügte zur Verfolgung auf den Tod. Das grausamste Misstrauen trennte die heiligsten Bande. Der Gatte zitterte vor der Gattin – der Vater vor dem Sohn – die Schwester vor dem Bruder. – Unberührt blieben die Speisen, blieb der Wein bei dem Mahl, das der Freund den Freunden gab, und wo sonst Lust und Scherz gewaltet, spähten verwilderte Blicke nach dem verkappten Mörder. Man sah Familienväter ängstlich in entfernten Gegenden Lebensmittel einkaufen, und in dieser, jener schmutzigen Garküche selbst bereiten, in ihrem eigenen Hause teuflischen Verrat fürchtend. Und doch war manchmal die größte, bedachteste Vorsicht vergebens.

Der König, dem Unwesen, das immer mehr Überhand nahm, zu steuern, ernannte einen eigenen Gerichtshof, dem er ausschließlich die Untersuchung und Bestrafung dieser heimlichen Verbrechen übertrug. Das war die sogenannte Chambre ardente, die ihre Sitzungen unfern der Bastille hielt, und welcher la Regnie als Präsident vorstand. Mehrere Zeit hindurch blieben Regnies Bemühungen, so eifrig sie auch sein mochten, fruchtlos, dem verschlagenen Desgrais war es vorbehalten, den geheimsten Schlupfwinkel des Verbrechens zu entdecken. – In der Vorstadt Saint Germain wohnte ein altes Weib, la Voisin geheißen, die sich mit Wahrsagen und Geisterbeschwören abgab, und mit Hülfe ihrer Spießgesellen, le Sage und le Vigoureux, auch selbst Personen, die eben nicht schwach und leichtgläubig zu nennen, in Furcht und Erstaunen zu setzen wusste. Aber sie tat mehr als dieses. Exilis Schülerin wie la Croix, bereitete sie wie dieser, das feine, spurlose Gift, und half auf diese Weise ruchlosen Söhnen zur frühen Erbschaft, entarteten Weibern zum andern jüngern Gemahl. Desgrais drang in ihr Geheimnis ein, sie gestand alles, die Chambre ardente verurteilte sie zum Feuertode, den sie auf dem Greveplatze erlitt. Man fand bei ihr eine Liste aller Personen, die sich ihrer Hülfe bedient hatten; und so kam es, dass nicht allein Hinrichtung auf Hinrichtung folgte, sondern auch schwerer Verdacht selbst auf Personen von hohem Ansehen lastete. So glaubte man, dass der Kardinal Bonzy bei der la Voisin das Mittel gefunden, alle Personen, denen er als Erzbischof von Narbonne Pensionen bezahlen musste, in kurzer Zeit hinsterben zu lassen. So wurden die Herzogin von Bouillon, die Gräfin von Soissons, deren Namen man auf der Liste gefunden, der Verbindung mit dem teuflischen Weibe angeklagt, und selbst François Henri de Montmorenci, Boudebelle, Herzog von Luxemburg, Pair und Marschall des Reichs, blieb nicht verschont. Auch ihn verfolgte die furchtbare Chambre ardente. Er stellte sich selbst zum Gefängnis in der Bastille, wo ihn Louvois' und la Regnies Hass in ein sechs Fuß langes Loch einsperren ließ. Monate vergingen, ehe es sich vollkommen ausmittelte, dass des Herzogs Verbrechen keine Rüge verdienen konnte. Er hatte sich ein Mal von le Sage das Horoskop stellen lassen.

Gewiss ist es, dass blinder Eifer den Präsidenten la Regnie zu Gewaltstreichen und Grausamkeiten verleitete. Das Tribunal nahm ganz den Charakter der Inquisition an, der geringfügigste Verdacht reichte hin zu strenger Einkerkerung, und oft war es dem Zufall überlassen, die Unschuld des auf den Tod Angeklagten darzutun. Dabei war Regnie von garstigem Ansehen und heimtückischem Wesen, sodass er bald den Hass derer auf sich lud, deren Rächer oder Schützer zu sein er berufen wurde. Die Herzogin von Bouillon, von ihm im Verhöre gefragt, ob sie den Teufel gesehen? erwiderte: »Mich dünkt, ich sehe ihn in diesem Augenblick!«

Während nun auf dem Greveplatz das Blut Schuldiger und Verdächtiger in Strömen floss, und endlich der heimliche Giftmord seltner und seltner wurde, zeigte sich ein Unheil andrer Art, welches neue Bestürzung verbreitete. Eine Gaunerbande schien es darauf angelegt zu haben, alle Juwelen in ihren Besitz zu bringen. Der reiche Schmuck, kaum gekauft, verschwand auf unbegreifliche Weise, mochte er verwahrt sein wie er wollte. Noch viel ärger war es aber, dass jeder, der es wagte, zur Abendzeit Juwelen bei sich zu tragen, auf offener Straße oder in finstern Gängen der Häuser beraubt, ja wohl gar ermordet wurde. Die mit dem Leben davongekommen, sagten aus, ein Faustschlag auf den Kopf habe sie wie ein Wetterstrahl niedergestürzt, und aus der Betäubung erwacht, hätten sie sich beraubt, und am ganz andern Orte als da, wo sie der Schlag getroffen, wiedergefunden. Die Ermordeten, wie sie beinahe jeden Morgen auf der Straße oder in den Häusern lagen, hatten alle dieselbe tödliche Wunde. Einen Dolchstich ins Herz, nach dem Urteil der Ärzte so schnell und sicher tötend, dass der Verwundete keines Lautes mächtig zu Boden sinken musste. Wer war an dem üppigen Hofe Ludwig des XIV., der nicht in einen geheimen Liebeshandel verstrickt, spät zur Geliebten schlich, und manchmal ein reiches Geschenk bei sich trug? – Als stünden die Gauner mit

Geistern im Bunde, wussten sie genau, wenn sich so etwas zutragen sollte. Oft erreichte der Unglückliche nicht das Haus, wo er Liebesglück zu genießen dachte, oft fiel er auf der Schwelle, ja vor dem Zimmer der Geliebten, die mit Entsetzen den blutigen Leichnam fand.

Vergebens ließ Argenson, der Polizeiminister, alles aufgreifen in Paris, was von dem Volk nur irgend verdächtig schien, vergebens wütete la Regnie, und suchte Geständnisse zu erpressen, vergebens wurden Wachen, Patrouillen verstärkt, die Spur der Täter war nicht zu finden. Nur die Vorsicht, sich bis an die Zähne zu bewaffnen, und sich eine Leuchte vortragen zu lassen, half einigermaßen, und doch fanden sich Beispiele, dass der Diener mit Steinwürfen geängstet, und der Herr in demselben Augenblick ermordet und beraubt wurde.

Merkwürdig war es, dass aller Nachforschungen auf allen Plätzen, wo Juwelenhandel nur möglich war, unerachtet nicht das Mindeste von den geraubten Kleinodien zum Vorschein kam, und also auch hier keine Spur sich zeigte, die hätte verfolgt werden können.

Desgrais schäumte vor Wut, dass selbst seiner List die Spitzbuben zu entgehen wussten. Das Viertel der Stadt, in dem er sich gerade befand, blieb verschont, während in dem andern, wo keiner Böses geahnt, der Raubmord seine reichen Opfer erspähte.

Desgrais besann sich auf das Kunststück, mehrere Desgrais zu schaffen, sich untereinander so ähnlich an Gang, Stellung, Sprache, Figur, Gesicht, dass selbst die Häscher nicht wussten, wo der rechte Desgrais stecke. Unterdessen lauschte er, sein Leben wagend, allein in den geheimsten Schlupfwinkeln, und folgte von weitem diesem oder jenem, der auf seinen Anlass einen reichen Schmuck bei sich trug. *Der* blieb unangefochten; also auch von *dieser* Maßregel waren die Gauner unterrichtet. Desgrais geriet in Verzweiflung.

Eines Morgens kommt Desgrais zu dem Präsidenten la Regnie, blass, entstellt, außer sich. – »Was habt Ihr, was für Nachrichten? – Fandet Ihr die Spur?«, ruft ihm der Präsident entgegen. »Ha – gnädiger Herr«, fängt Desgrais an, vor Wut stammelnd, »ha gnädiger Herr – gestern in der Nacht – unfern des Louvre ist der Marquis de la Fare angefallen worden in meiner Gegenwart.« »Himmel und Erde«, jauchzt la Regnie auf vor Freude – »wir haben sie!« – »O hört nur«, fällt Desgrais mit bitterm Lächeln ein, »o hört nur erst, wie sich alles begeben. – Am Louvre steh ich also, und passe, die ganze Hölle in der Brust, auf die Teufel, die meiner spotten. Da kommt mit unsicherm Schritt immer hinter sich schauend eine Gestalt dicht bei mir vorüber, ohne mich zu sehen. Im Mondes Schimmer erkenne ich den Marquis de la Fare. Ich konnt ihn da erwarten, ich wusste, wo er hinschlich. Kaum ist er zehn – zwölf Schritte bei mir vorüber, da springt wie aus der Erde herauf eine Figur, schmettert ihn nieder und fällt über ihn her. Unbesonnen, überrascht von dem Augenblick, der den Mörder in meine Hand liefern konnte, schrie ich laut auf, und will mit einem gewaltigen Sprunge aus meinem Schlupfwinkel heraus auf ihn zusetzen; da verwickle ich mich in den Mantel und falle hin. Ich sehe den Menschen wie auf den Flügeln des Windes forteilen, ich rapple mich auf, ich renne ihm nach – laufend stoße ich in mein Horn – aus der Ferne antworten die Pfeifen der Häscher – es wird lebendig – Waffengeklirr, Pferdegetrappel von allen Seiten. – ›Hierher – hierher – Desgrais – Desgrais!‹, schreie ich, dass es durch die Straßen hallt. Immer sehe ich den Menschen vor mir im hellen Mondschein, wie er, mich zu täuschen, da – dort – einbiegt; wir kommen in die Straße Nicaise, da scheinen seine Kräfte zu sinken, ich strenge die meinigen doppelt an – noch fünfzehn Schritte höchstens hat er Vorsprung –«
»Ihr holt ihn ein – Ihr packt ihn, die Häscher kommen«, ruft la Regnie mit blitzenden Augen, indem er Desgrais beim

Arm ergreift, als sei *der* der fliehende Mörder selbst. – »Funfzehn Schritte«, fährt Desgrais mit dumpfer Stimme und mühsam atmend fort, »funfzehn Schritte vor mir springt der Mensch auf die Seite in den Schatten und verschwindet durch die Mauer.« »Verschwindet? – durch die Mauer! – Seid ihr rasend«, ruft la Regnie, indem er zwei Schritte zurücktritt und die Hände zusammenschlägt. »Nennt mich«, fährt Desgrais fort, sich die Stirne reibend wie einer, den böse Gedanken plagen, »nennt mich, gnädiger Herr, immerhin einen Rasenden, einen törichten Geisterseher, aber es ist nicht anders, als wie ich es Euch erzähle. Erstarrt stehe ich vor der Mauer, als mehrere Häscher atemlos herbeikommen; mit ihnen der Marquis de la Fare, der sich aufgerafft, den bloßen Degen in der Hand. Wir zünden die Fackeln an, wir tappen an der Mauer hin und her; keine Spur einer Türe, eines Fensters, einer Öffnung. Es ist eine starke steinerne Hofmauer, die sich an ein Haus lehnt, in dem Leute wohnen, gegen die auch nicht der leiseste Verdacht aufkommt. Noch heute habe ich alles in genauen Augenschein genommen. – Der Teufel selbst ist es, der uns foppt.« Desgrais' Geschichte wurde in Paris bekannt. Die Köpfe waren erfüllt von den Zaubereien, Geisterbeschwörungen, Teufelsbündnissen der Voisin, des Vigoureux, des berüchtigten Priesters le Sage; und wie es denn nun in unserer ewigen Natur liegt, dass der Hang zum Übernatürlichen, zum Wunderbaren alle Vernunft überbietet, so glaubte man bald nichts Geringeres, als dass, wie Desgrais nur im Unmut gesagt, wirklich der Teufel selbst die Verruchten schütze, die ihm ihre Seelen verkauft. Man kann es sich denken, dass Desgrais' Geschichte mancherlei tollen Schmuck erhielt. Die Erzählung davon mit einem Holzschnitt darüber, eine grässliche Teufelsgestalt vorstellend, die vor dem erschrockenen Desgrais in die Erde versinkt, wurde gedruckt und an allen Ecken verkauft. Genug, das Volk einzuschüchtern, und selbst den Häschern allen Mut zu nehmen, die nun zur Nachtzeit mit Zittern und Zagen die Straßen durchirrten, mit Amuletten behängt, und eingeweicht in Weihwasser.

Argenson sah die Bemühungen der Chambre ardente scheitern, und ging den König an, für das neue Verbrechen einen Gerichtshof zu ernennen, der mit noch ausgedehnterer Macht den Tätern nachspüre und sie strafe. Der König, überzeugt, schon der Chambre ardente zu viel Gewalt gegeben zu haben, erschüttert von dem Gräuel unzähliger Hinrichtungen, die der blutgierige la Regnie veranlasst, wies den Vorschlag gänzlich von der Hand.

Man wählte ein anderes Mittel, den König für die Sache zu beleben.

In den Zimmern der Maintenon, wo sich der König nachmittags aufzuhalten, und wohl auch mit seinen Ministern bis in die späte Nacht hinein zu arbeiten pflegte, wurde ihm ein Gedicht überreicht im Namen der gefährdeten Liebhaber, welche klagten, dass, gebiete ihnen die Galanterie, der Geliebten ein reiches Geschenk zu bringen, sie allemal ihr Leben daran setzen müssten. Ehre und Lust sei es, im ritterlichen Kampf sein Blut für die Geliebte zu verspritzen; anders verhalte es sich aber mit dem heimtückischen Anfall des Mörders, wider den man sich nicht wappnen könne. Ludwig, der leuchtende Polarstern aller Liebe und Galanterie, der möge hell aufstrahlend die finstre Nacht zerstreuen, und so das schwarze Geheimnis, das darin verborgen, enthüllen. Der göttliche Held, der seine Feinde niedergeschmettert, werde nun auch sein siegreich funkelndes Schwert zücken, und wie Herkules die Lernäische Schlange, wie Theseus den Minotaur, das bedrohliche Ungeheuer bekämpfen, das alle Liebeslust weg zehre, und alle Freude verdüstre in tiefes Leid, in trostlose Trauer.

So ernst die Sache auch war, so fehlte es diesem Gedicht doch nicht, vorzüglich in der Schilderung, wie die Liebhaber auf dem heimlichen Schleichwege zur Geliebten sich ängstigen müssten, wie die Angst schon alle Liebeslust, jedes schöne Abenteuer der Galanterie im Aufkeimen töte, an geistreichwitzigen Wendungen. Kam nun noch hinzu, dass beim Schluss alles in einen hochtrabenden Panegyrikus auf Ludwig den XIV. ausging, so konnte es nicht fehlen, dass der König das Gedicht mit sichtlichem Wohlgefallen durchlas. Damit zustande gekommen, drehte er sich, die Augen nicht wegwendend von dem Papier, rasch um zur Maintenon, las das Gedicht noch einmal mit lauter Stimme ab, und fragte dann anmutig lächelnd, was sie von den Wünschen der gefährdeten Liebhaber halte? Die Maintenon, ihrem ernsten Sinne treu und immer in der Farbe einer gewissen Frömmigkeit, erwiderte, dass geheime verbotene Wege eben keines besondern Schutzes würdig, die entsetzlichen Verbrecher aber wohl besonderer Maßregeln zu ihrer Vertilgung wert wären. Der König, mit dieser schwankenden Antwort unzufrieden, schlug das Papier zusammen, und wollte zurück zu dem Staatssekretär, der in dem andern Zimmer arbeitete, als ihm bei einem Blick, den er seitwärts warf, die Scuderi ins Auge fiel, die zugegen war, und eben unfern der Maintenon auf einem kleinen Lehnsessel Platz genommen hatte. Auf diese schritt er nun los; das anmutige Lächeln, das erst um Mund und Wangen spielte, und das verschwunden, gewann wieder Oberhand, und dicht vor dem Fräulein stehend, und das Gedicht wieder auseinander faltend, sprach er sanft: »Die Marquise mag nun einmal von den Galanterien unserer verliebten Herren nichts wissen, und weicht mir aus auf Wegen, die nichts weniger als verboten sind. Aber Ihr, mein Fräulein, was haltet Ihr von dieser dichterischen Supplik?« – Die Scuderi stand ehrerbietig auf von ihrem Lehnsessel, ein flüchtiges Rot überflog wie Abendpurpur die blassen Wangen der alten würdigen Dame, sie sprach, sich leise verneigend, mit niedergeschlagenen Augen:

»Un amant qui craint les voleurs
n'est point digne d'amour.«[1]

Der König, ganz erstaunt über den ritterlichen Geist dieser wenigen Worte, die das ganze Gedicht mit seinen ellenlangen Tiraden zu Boden schlugen, rief mit blitzenden Augen: »Beim heiligen Dionys, Ihr habt Recht, Fräulein! Keine blinde Maßregel, die den Unschuldigen trifft mit dem Schuldigen, soll die Feigheit schützen; mögen Argenson und la Regnie das Ihrige tun!« –

* * *

Alle die Gräuel der Zeit schilderte nun die Martiniere mit den lebhaftesten Farben, als sie am andern Morgen ihrem Fräulein erzählte, was sich in voriger Nacht zugetragen, und übergab ihr zitternd und zagend das geheimnisvolle Kästchen. Sowohl sie als Baptiste, der ganz verblasst in der Ecke stand, und vor Angst und Beklommenheit die Nachtmütze in den Händen knetend, kaum sprechen konnte, baten das Fräulein auf das Wehmütigste um aller Heiligen willen, doch nur mit möglichster Behutsamkeit das Kästchen zu öffnen. Die Scuderi, das verschlossene Geheimnis in der Hand wiegend und prüfend, sprach lächelnd: »Ihr seht beide Gespenster! – Dass ich nicht reich bin, dass bei mir keine Schätze, eines Mordes wert, zu holen sind, das wissen die verruchten Meuchelmörder da draußen, die, wie ihr selbst sagt, das Innerste der Häuser erspähen, wohl ebenso gut als ich und ihr. Auf mein Leben soll es abgesehen sein? Wem kann was an dem Tode liegen einer Person von dreiundsiebzig Jahren, die niemals andere verfolgte als die Bösewichter und Friedenstörer in den Romanen, die sie selbst schuf, die mittelmäßige Verse macht,

---

[1] Ein Liebender, der die Diebe fürchtet, ist der Liebe nicht würdig.

welche niemandes Neid erregen können, die nichts hinterlassen wird, als den Staat des alten Fräuleins, das bisweilen an den Hof ging, und ein paar Dutzend gut eingebundener Bücher mit vergoldetem Schnitt! Und du, Martiniere!, du magst nun die Erscheinung des fremden Menschen so schreckhaft beschreiben wie du willst, doch kann ich nicht glauben, dass er Böses im Sinne getragen.

Also!« –

Die Martiniere prallte drei Schritte zurück, Baptiste sank mit einem dumpfen Ach! halb in die Knie, als das Fräulein nun an einen hervorragenden stählernen Knopf drückte, und der Deckel des Kästchens mit Geräusch aufsprang.

Wie erstaunte das Fräulein, als ihr aus dem Kästchen ein Paar goldne, reich mit Juwelen besetzte Armbänder, und eben ein solcher Halsschmuck entgegenfunkelten. Sie nahm das Geschmeide heraus, und indem sie die wundervolle Arbeit des Halsschmucks lobte, beäugelte die Martiniere die reichen Armbänder, und rief ein Mal über das andere, dass ja selbst die eitle Montespan nicht solchen Schmuck besitze. »Aber was soll das, was hat das zu bedeuten«, sprach die Scuderi. In dem Augenblick gewahrte sie auf dem Boden des Kästchens einen kleinen zusammengefalteten Zettel. Mit Recht hoffte sie den Aufschluss des Geheimnisses darin zu finden. Der Zettel, kaum hatte sie, was er enthielt, gelesen, entfiel ihren zitternden Händen. Sie warf einen sprechenden Blick zum Himmel, und sank dann wie halb ohnmächtig in den Lehnsessel zurück. Erschrocken sprang die Martiniere, sprang Baptiste ihr bei. »O«, rief sie nun mit von Tränen halb erstickter Stimme, »o der Kränkung, o der tiefen Beschämung! Muss mir das noch geschehen im hohen Alter! Hab ich denn im törichten Leichtsinn gefrevelt, wie ein junges, unbesonnenes Ding? – O Gott, sind Worte, halb im Scherz hingeworfen, solcher grässlichen Deutung fähig! – Darf dann mich, die ich der Tugend getreu und der Frömmigkeit tadellos blieb von

Kindheit an, darf dann mich das Verbrechen des teuflischen Bündnisses zeihen?«

Das Fräulein hielt das Schnupftuch vor die Augen und weinte und schluchzte heftig, sodass die Martiniere und Baptiste ganz verwirrt und beklommen nicht wussten, wie ihrer guten Herrschaft beistehen in ihrem großen Schmerz.

Die Martiniere hatte den verhängnisvollen Zettel von der Erde aufgehoben. Auf demselben stand:

»Un amant qui craint les voleurs
n'est point digne d'amour.

Euer scharfsinniger Geist, hochgeehrte Dame, hat uns, die wir an der Schwäche und Feigheit das Recht des Stärkern üben, und uns Schätze zueignen, die auf unwürdige Weise vergeudet werden sollten, von großer Verfolgung errettet. Als einen Beweis unserer Dankbarkeit nehmet gütig diesen Schmuck an. Es ist das Kostbarste, was wir seit langer Zeit haben auftreiben können, wiewohl Euch, würdige Dame!, viel schöneres Geschmeide zieren sollte, als dieses nun eben ist. Wir bitten, dass Ihr uns Eure Freundschaft und Euer huldvolles Andenken nicht entziehen möget.

Die Unsichtbaren.«

»Ist es möglich«, rief die Scuderi, als sie sich einigermaßen erholt hatte, »ist es möglich, dass man die schamlose Frechheit, den verruchten Hohn so weit treiben kann?« – Die Sonne schien hell durch die Fenstergardinen von hochroter Seide, und so kam es, dass die Brillanten, welche auf dem Tische neben dem offenen Kästchen lagen, in rötlichem Schimmer aufblitzten. Hinblickend verhüllte die Scuderi voll Entsetzen das Gesicht, und befahl der Martiniere, das fürchterliche Geschmeide, an dem das Blut der Ermordeten klebe, augenblicklich fortzuschaffen. Die Martiniere, nachdem sie Halsschmuck und Armbänder sogleich in das Kästchen verschlossen, meinte, dass es wohl am geratensten sein würde, die Juwelen dem Polizeiminister zu übergeben, und ihm zu vertrauen, wie sich alles mit der beängstigenden Erscheinung des jungen Menschen und der Einhändigung des Kästchens zugetragen.

Die Scuderi stand auf und schritt schweigend langsam im Zimmer auf und nieder, als sinne sie erst nach, was nun zu tun sei. Dann befahl sie dem Baptiste, einen Tragsessel zu holen, der Martiniere aber, sie anzukleiden, weil sie auf der Stelle hin wolle zur Marquise de Maintenon.

Sie ließ sich hintragen zur Marquise gerade zu der Stunde, wenn diese, wie die Scuderi wusste, sich allein in ihren Gemächern befand. Das Kästchen mit den Juwelen nahm sie mit sich.

Wohl musste die Marquise sich hoch verwundern, als sie das Fräulein, sonst die Würde, ja trotz ihrer hohen Jahre, die Liebenswürdigkeit, die Anmut selbst, eintreten sah blass, entstellt, mit wankenden Schritten. »Was um aller Heiligen willen ist Euch widerfahren?«, rief sie der armen, beängsteten Dame entgegen, die, ganz außer sich selbst, kaum imstande, sich aufrecht zu erhalten, nur schnell den Lehnsessel zu erreichen suchte, den ihr die Marquise hinschob. Endlich des Wortes wieder mächtig, erzählte das Fräulein, welche tiefe, nicht zu verschmerzende Kränkung ihr jener unbedachtsame Scherz, mit dem sie die Supplik der gefährdeten Liebhaber beantwortet, zugezogen habe. Die Marquise, nachdem sie alles von Moment zu Moment erfahren, urteilte, dass die Scuderi sich das sonderbare Ereignis viel zu sehr zu Herzen nehme, dass der Hohn verruchten Gesindels nie ein frommes, edles Gemüt treffen könne, und verlangte zuletzt den Schmuck zu sehen.

Die Scuderi gab ihr das geöffnete Kästchen, und die Marquise konnte sich, als sie das köstliche Geschmeide erblickte, des lauten Ausrufs der Verwunderung nicht erwehren. Sie nahm den Halsschmuck, die Armbänder heraus und trat damit an das Fenster, wo sie bald die Juwelen an der Sonne spielen ließ, bald die zierliche Goldarbeit ganz nahe vor die Augen hielt, um nur recht zu erschauen, mit welcher wundervollen Kunst jedes kleine Häkchen der verschlungenen Ketten gearbeitet war.

Auf einmal wandte sich die Marquise rasch um nach dem Fräulein und rief: »Wisst Ihr wohl, Fräulein!, dass diese Armbänder, diesen Halsschmuck niemand anders gearbeitet haben kann, als René Cardillac?« – René Cardillac war damals der geschickteste Goldarbeiter in Paris, einer der kunstreichsten und zugleich sonderbarsten Menschen seiner Zeit. Eher klein als groß, aber breitschultrig und von starkem, muskulösem Körperbau hatte Cardillac, hoch in die Fünfzigerjahre vorgerückt, noch die Kraft, die Beweglichkeit des Jünglings. Von dieser Kraft, die ungewöhnlich zu nennen, zeugte auch das dicke, krause, rötliche Haupthaar und das gedrungene, gleißende Antlitz. Wäre Cardillac nicht in ganz Paris als der rechtlichste Ehrenmann, uneigennützig, offen, ohne Hinterhalt, stets zu helfen bereit, bekannt gewesen, sein ganz besonderer Blick aus kleinen, tiefliegenden, grün funkelnden Augen hätten ihn in den Verdacht heimlicher Tücke und Bosheit bringen können. Wie gesagt, Cardillac war in seiner Kunst der Geschickteste nicht sowohl in Paris, als vielleicht überhaupt seiner Zeit. Innig vertraut mit der Natur der Edelsteine, wusste er sie auf eine Art zu behandeln und zu fassen, dass der Schmuck, der erst für unscheinbar gegolten, aus Cardillacs Werkstatt hervorging in glänzender Pracht. Jeden Auftrag übernahm er mit brennender Begierde und machte einen Preis, der, so geringe er war, mit der Arbeit in keinem Verhältnis zu stehen schien. Dann ließ ihm das Werk keine Ruhe, Tag und Nacht hörte man ihn in seiner Werkstatt hämmern und oft, war die Arbeit beinahe vollendet, missfiel ihm plötzlich die Form, er zweifelte an der Zierlichkeit irgendeiner Fassung der Juwelen, irgendeines kleinen Häkchens – Anlass genug, die ganze Arbeit wieder in den Schmelztiegel zu werfen und von neuem anzufangen. So wurde jede Arbeit ein reines, unübertreffliches Meisterwerk, das den Besteller in Erstaunen setzte. Aber nun war es kaum möglich, die fertige Arbeit von ihm zu erhalten. Unter tausend Vorwänden hielt er den Besteller hin von Woche zu Woche, von Monat zu Monat. Vergebens bot man ihm das Doppelte für die Arbeit, nicht einen Louis mehr als den bedungenen Preis wollte er nehmen. Musste er dann endlich dem Andringen des Bestellers weichen, und den Schmuck herausgeben, so konnte er sich aller Zeichen des tiefsten Verdrusses, ja einer innern Wut, die in ihm kochte, nicht erwehren. Hatte er ein bedeutenderes, vorzüglich reiches Werk, vielleicht viele Tausende an Wert, bei der Kostbarkeit der Juwelen, bei der überzierlichen Goldarbeit abliefern müssen, so war er imstande, wie unsinnig umherzulaufen, sich, seine Arbeit, alles um sich her verwünschend. Aber sowie einer hinter ihm herrannte und laut schrie: »René Cardillac, möchtet Ihr nicht einen schönen Halsschmuck machen für meine Braut – Armbänder für mein Mädchen usw.« dann stand er plötzlich still, blitzte den an mit seinen kleinen Augen und fragte, die Hände reibend: »Was habt Ihr denn?« Der zieht nun ein Schächtelchen hervor und spricht: »Hier sind Juwelen, viel Sonderliches ist es nicht, gemeines Zeug, doch unter Euern Händen –« Cardillac lässt ihn nicht ausreden, reißt ihm das Schächtelchen aus den Händen, nimmt die Juwelen heraus, die wirklich nicht viel wert sind, hält sie gegen das Licht und ruft voll Entzücken: »Ho ho – gemeines Zeug? – mitnichten! – hübsche Steine – herrliche Steine, lasst mich nur machen! – und wenn es Euch auf eine Handvoll Louis nicht ankommt, so will ich noch ein paar Steinchen hineinbringen, die Euch in die Augen funkeln sollen wie die liebe Sonne selbst –« Der spricht: »Ich überlasse Euch alles, Meister René, und zahle, was Ihr wollt!« Ohne

Unterschied, mag er nun ein reicher Bürgersmann oder ein vornehmer Herr vom Hofe sein, wirft sich Cardillac ungestüm an seinen Hals, und drückt und küsst ihn und spricht, nun sei er wieder ganz glücklich und in acht Tagen werde die Arbeit fertig sein. Er rennt über Hals und Kopf nach Hause, hinein in die Werkstatt, und hämmert darauf los, und in acht Tagen ist ein Meisterwerk zustande gebracht. Aber sowie der, der es bestellte, kommt, mit Freuden die geforderte geringe Summe bezahlen, und den fertigen Schmuck mitnehmen will, wird Cardillac verdrüsslich, grob, trotzig. – »Aber Meister Cardillac, bedenkt, morgen ist meine Hochzeit.« »Was schert mich Eure Hochzeit, fragt in vierzehn Tagen wieder nach.« – »Der Schmuck ist fertig, hier liegt das Geld, ich muss ihn haben.« – »Und ich sage Euch, dass ich noch manches an dem Schmuck ändern muss, und ihn heute nicht herausgeben werde.« – »Und *ich* sage Euch, dass wenn Ihr mir den Schmuck, den ich Euch allenfalls doppelt bezahlen will, nicht herausgebt im Guten, Ihr mich gleich mit Argensons dienstbaren Trabanten anrücken sehen sollt.« »Nun, so quäle Euch der Satan mit hundert glühenden Kneipzangen, und hänge drei Zentner an den Halsschmuck, damit er Eure Braut erdrossle!« – Und damit steckt Cardillac dem Bräutigam den Schmuck in die Busentasche, ergreift ihn beim Arm, wirft ihn zur Stubentür hinaus, dass er die ganze Treppe hinabpoltert, und lacht wie der Teufel zum Fenster hinaus, wenn er sieht, wie der arme junge Mensch, das Schnupftuch vor der blutigen Nase, aus dem Hause hinaushinkt. – Gar nicht zu erklären war es auch, dass Cardillac oft, wenn er mit Enthusiasmus eine Arbeit übernahm, plötzlich den Besteller mit allen Zeichen des im Innersten aufgeregten Gemüts, mit den erschütterndsten Beteuerungen, ja unter Schluchzen und Tränen, bei der Jungfrau und allen Heiligen beschwor, ihm das unternommene Werk zu erlassen. Manche der von dem Könige, von dem Volke hochgeachtetsten Personen hatten vergebens große Summen geboten, um nur das kleinste Werk von Cardillac zu erhalten. Er warf sich dem Könige zu Füßen und flehte um die Huld, nichts für ihn arbeiten zu dürfen. Ebenso verweigerte er der Maintenon jede Bestellung, ja mit dem Ausdruck des Abscheues und Entsetzens verwarf er den Antrag derselben, einen kleinen, mit den Emblemen der Kunst verzierten Ring zu fertigen, den Racine von ihr erhalten sollte.

»Ich wette«, sprach daher die Maintenon, »ich wette, dass Cardillac, schicke ich auch hin zu ihm, um wenigstens zu erfahren, für wen er diesen Schmuck fertigte, sich weigert herzukommen, weil er vielleicht eine Bestellung fürchtet und doch durchaus nichts für mich arbeiten will. Wiewohl er seit einiger Zeit abzulassen scheint von seinem starren Eigensinn, denn wie ich höre, arbeitet er jetzt fleißiger als je, und liefert seine Arbeit ab auf der Stelle, jedoch noch immer mit tiefem Verdruss und weggewandtem Gesicht.« Die Scuderi, der auch viel daran gelegen, dass, sei es noch möglich, der Schmuck bald in die Hände des rechtmäßigen Eigentümers komme, meinte, dass man dem Meister Sonderling ja gleich sagen lassen könne, wie man keine Arbeit, sondern nur sein Urteil über Juwelen verlange. Das billigte die Marquise. Es wurde nach Cardillac geschickt, und, als sei er schon auf dem Wege gewesen, trat er nach Verlauf weniger Zeit in das Zimmer.

Er schien, als er die Scuderi erblickte, betreten und wie einer, der, von dem Unerwarteten plötzlich getroffen, die Ansprüche des Schicklichen, wie sie der Augenblick darbietet, vergisst, neigte er sich zuerst tief und ehrfurchtsvoll vor dieser ehrwürdigen Dame, und wandte sich dann erst zur Marquise. *Die* frug ihn hastig, indem sie auf das Geschmeide wies, das auf dem dunkelgrün behängten Tisch funkelte, ob das seine Arbeit sei? Cardillac warf kaum einen Blick darauf und packte, der Marquise ins Gesicht starrend, Armbänder und Halsschmuck schnell ein in das Kästchen, das daneben stand, und das er mit Heftigkeit von sich weg schob. Nun sprach er, indem ein hässliches Lächeln auf seinem roten Antlitze gleißte: »In der Tat, Frau Marquise, man muss René Cardillacs Arbeit schlecht kennen, um nur einen Augenblick zu glauben, dass irgendein anderer Goldschmied in der Welt solchen Schmuck fassen könne. Freilich ist das meine Arbeit.« »So sagt denn«, fuhr die Marquise fort, »für wen Ihr diesen Schmuck gefertigt habt.« »Für mich ganz allein«, erwiderte Cardillac, »ja Ihr möget«, fuhr er fort, als beide, die Maintenon und die Scuderi ihn ganz verwundert anblickten, jene voll Misstrauen, diese voll banger Erwartung, wie sich nun die Sache wenden würde, »ja Ihr möget das nun seltsam finden, Frau Marquise, aber es ist dem so. Bloß der schönen Arbeit willen suchte ich meine besten Steine zusammen, und arbeitete aus Freude daran fleißiger und sorgfältiger als jemals. Vor weniger Zeit verschwand der Schmuck aus meiner Werkstatt auf unbegreifliche Weise.« »Dem Himmel sei es gedankt«, rief die Scuderi, indem ihr die Augen vor Freude funkelten, und sie rasch und behände wie ein junges Mädchen von ihrem Lehnsessel aufsprang, auf den Cardillac losschritt, und beide Hände auf seine Schultern legte, »empfangt«, sprach sie dann, »empfangt, Meister René, das Eigentum, das Euch verruchte Spitzbuben raubten, wieder zurück.« Nun erzählte sie ausführlich, wie sie zu dem Schmuck gekommen. Cardillac hörte alles schweigend mit niedergeschlagenen Augen an. Nur mitunter stieß er ein unvernehmliches Hm! – So! – Ei! – Hoho! – aus und warf bald die Hände auf den Rücken, bald streichelte er leise Kinn und Wange. Als nun die Scuderi geendet, war es, als kämpfe Cardillac mit ganz besondern Gedanken, die währenddessen ihm gekommen, und als wolle irgendein Entschluss sich nicht fügen und fördern. Er rieb sich die Stirne, er seufzte, er fuhr mit der Hand über die Augen, wohl gar um hervorbrechenden Tränen zu steuern. Endlich ergriff er das Kästchen, das ihm die Scuderi darbot, ließ sich auf ein Knie langsam nieder und sprach: »Euch, edles, würdiges Fräulein!, hat das Verhängnis diesen Schmuck bestimmt. Ja nun weiß ich es erst, dass ich während der Arbeit an Euch dachte, ja für Euch arbeitete. Verschmäht es nicht, diesen Schmuck als das Beste, was ich wohl seit langer Zeit gemacht, von mir anzunehmen und zu tragen.« »Ei, ei«, erwiderte die Scuderi anmutig scherzend, »wo denkt Ihr hin, Meister René, steht es mir denn an, in meinen Jahren mich noch so herauszuputzen mit blanken Steinen? – Und wie kömmt Ihr denn dazu, mich so überreich zu beschenken? Geht, geht, Meister René, wär ich schön wie die Marquise de Fontange und reich, in der Tat, ich ließe den Schmuck nicht aus den Händen, aber was soll diesen welken Armen die eitle Pracht, was soll diesem verhüllten Hals der glänzende Putz?« Cardillac hatte sich indessen erhoben und sprach, wie außer sich, mit verwildertem Blick, indem er fortwährend das Kästchen der Scuderi hinhielt: »Tut mir die Barmherzigkeit, Fräulein, und nehmt den Schmuck. Ihr glaubt es nicht, welche tiefe Verehrung ich für Eure Tugend, für Eure hohe Verdienste im Herzen trage! Nehmt doch mein geringes Geschenk nur für das Bestreben an, Euch recht meine innerste Gesinnung zu beweisen.« – Als nun die Scuderi immer noch zögerte und zögerte, nahm die Maintenon das Kästchen aus Cardillacs Händen, sprechend: »Nun beim Himmel, Fräulein, immer redet Ihr von Euern hohen Jahren, was haben wir, ich und Ihr mit den Jahren zu schaffen und ihrer Last! – Und tut Ihr denn nicht eben wie ein junges verschämtes Ding, das gern zulangen möchte nach der dargebotnen süßen Frucht, könnte das nur geschehen ohne Hand und ohne Finger. – Schlagt dem wackern Meister René nicht ab, das freiwillig als Geschenk zu empfangen, was tausend andere nicht erhalten können, alles Goldes, alles Bittens und Flehens unerachtet –«

Die Maintenon hatte der Scuderi das Kästchen währenddessen aufgedrungen und nun stürzte Cardillac nieder auf die

Knie – küsste der Scuderi den Rock – die Hände – stöhnte – seufzte – weinte – schluchzte – sprang auf – rannte wie unsinnig, Sessel – Tische umstürzend, dass Porzellan, Gläser zusammenklirrten, in toller Hast von dannen. –

Ganz erschrocken rief die Scuderi: »Um aller Heiligen willen, was widerfährt dem Menschen!« Doch die Marquise, in besonderer heiterer Laune bis zu sonst ihr ganz fremdem Mutwillen, schlug eine helle Lache auf und sprach: »Da haben wir's Fräulein, Meister René ist in Euch sterblich verliebt, und beginnt nach richtigem Brauch und bewährter Sitte echter Galanterie Euer Herz zu bestürmen mit reichen Geschenken.« Die Maintenon führte diesen Scherz weiter aus, indem sie die Scuderi ermahnte, nicht zu grausam zu sein gegen den verzweifelten Liebhaber, und diese wurde, Raum gebend angeborner Laune, hingerissen in den sprudelnden Strom tausend lustiger Einfälle. Sie meinte, dass sie, stünden die Sachen nun einmal so, endlich besiegt wohl nicht werde umhin können, der Welt das unerhörte Beispiel einer dreiundsiebzigjährigen Goldschmiedsbraut von untadelichem Adel aufzustellen. Die Maintenon erbot sich, die Brautkrone zu flechten und sie über die Pflichten einer guten Hausfrau zu belehren, wovon freilich so ein kleiner Kick-in-die-Welt von Mädchen nicht viel wissen könne.

Da nun endlich die Scuderi aufstand, um die Marquise zu verlassen, wurde sie alles lachenden Scherzes ungeachtet doch wieder sehr ernst, als ihr das Schmuckkästchen zur Hand kam. Sie sprach: »Doch, Frau Marquise!, werde ich mich dieses Schmuckes niemals bedienen können. Er ist, mag es sich nun zugetragen haben wie es will, einmal in den Händen jener höllischen Gesellen gewesen, die mit der Frechheit des Teufels, ja wohl gar in verdammtem Bündnis mit ihm, rauben und morden. Mir graust vor dem Blute, das an dem funkelnden Geschmeide zu kleben scheint. – Und nun hat selbst Cardillacs Betragen, ich muss es gestehen, für mich etwas sonderbar Ängstliches und Unheimliches. Nicht erwehren kann ich mir einer dunklen Ahnung, dass hinter diesem allem irgendein grauenvolles, entsetzliches Geheimnis verborgen, und bringe ich mir die ganze Sache recht deutlich vor Augen mit jedem Umstande, so kann ich doch wieder gar nicht auch nur ahnen, worin das Geheimnis bestehe, und wie überhaupt der ehrliche, wackere Meister René, das Vorbild eines guten, frommen Bürgers, mit irgendetwas Bösem, Verdammlichem zu tun haben soll. So viel ist aber gewiss, dass ich niemals mich unterstehen werde, den Schmuck anzulegen.«

Die Marquise meinte, das hieße die Skrupel zu weit treiben; als nun aber die Scuderi sie auf ihr Gewissen fragte, was sie in ihrer, der Scuderi Lage, wohl tun würde, antwortete sie ernst und fest: »Weit eher den Schmuck in die Seine werfen, als ihn jemals tragen.«

Den Auftritt mit dem Meister René brachte die Scuderi in gar anmutige Verse, die sie den folgenden Abend in den Gemächern der Maintenon dem Könige vorlas. Wohl mag es sein, dass sie auf Kosten Meister Renés, alle Schauer unheimlicher Ahnung besiegend, das ergötzliche Bild der dreiundsiebzigjährigen Goldschmiedsbraut von uraltem Adel mit lebendigen Farben darzustellen gewusst. Genug, der König lachte bis ins Innerste hinein und schwur, dass Boileau Despreux seinen Meister gefunden, weshalb der Scuderi Gedicht für das Witzigste galt, das jemals geschrieben.

Mehrere Monate waren vergangen, als der Zufall es wollte, dass die Scuderi in der Glaskutsche der Herzogin von Montansier über den Pontneuf fuhr. Noch war die Erfindung der zierlichen Glaskutschen so neu, dass das neugierige Volk sich zudrängte, wenn ein Fuhrwerk der Art auf den Straßen erschien. So kam es denn auch, dass der gaffende Pöbel auf dem Pontneuf die Kutsche der Montansier umringte, beinahe den Schritt der Pferde hemmend. Da vernahm die Scuderi plötzlich ein Geschimpfe und Gefluche und gewahrte, wie ein Mensch mit Faustschlägen und Rippenstößen sich Platz machte durch die dickste Masse. Und wie er näher kam, trafen sie die durchbohrenden Blicke eines todbleichen, gramverstörten Jünglingsantlitzes. Unverwandt schaute der junge Mensch sie an, während er mit Ellbogen und Fäusten rüstig vor sich wegarbeitete, bis er an den Schlag des Wagens kam, den er mit stürmender Hastigkeit aufriss, der Scuderi einen Zettel in den Schoß warf, und Stöße, Faustschläge austeilend und empfangend, verschwand wie er gekommen. Mit einem Schrei des Entsetzens war, sowie der Mensch am Kutschenschlage erschien, die Martiniere, die sich bei der Scuderi befand, entseelt in die Wagenkissen zurückgesunken. Vergebens riss die Scuderi an der Schnur, rief dem Kutscher zu, *der*, wie vom bösen Geiste getrieben, peitschte auf die Pferde los, die den Schaum von den Mäulern wegspritzend, um sich schlugen, sich bäumten, endlich in scharfem Trab fortdonnerten über die Brücke. Die Scuderi goss ihr Riechfläschchen über die ohnmächtige Frau aus, die endlich die Augen aufschlug und zitternd und bebend, sich krampfhaft festklammernd an die Herrschaft, Angst und Entsetzen im bleichen Antlitz, mühsam stöhnte: »Um der heiligen Jungfrau willen!, was wollte der fürchterliche Mensch? – Ach!, er war es ja, er war es, derselbe, der Euch in jener schauervollen Nacht das Kästchen brachte!« – Die Scuderi beruhigte die Arme, indem sie ihr vorstellte, dass ja durchaus nichts Böses geschehen, und dass es nur darauf ankomme, zu wissen, was der Zettel enthalte. Sie schlug das Blättchen auseinander und fand die Worte:

»Ein böses Verhängnis, das Ihr abwenden konntet, stößt mich in den Abgrund! – Ich beschwöre Euch, wie der Sohn die Mutter, von der er nicht lassen kann, in der vollsten Glut kindlicher Liebe, den Halsschmuck und die Armbänder, die Ihr durch mich erhieltet, unter irgendeinem Vorwand – um irgendetwas daran bessern – ändern zu lassen, zum Meister René Cardillac zu schaffen; Euer Wohl, Euer Leben hängt davon ab. Tut Ihr es nicht bis übermorgen, so dringe ich in Eure Wohnung und ermorde mich vor Euern Augen!«

»Nun ist es gewiss«, sprach die Scuderi, als sie dies gelesen, »dass, mag der geheimnisvolle Mensch auch wirklich zu der Bande verruchter Diebe und Mörder gehören, er doch gegen mich nichts Böses im Schilde führt. Wäre es ihm gelungen, mich in jener Nacht zu sprechen, wer weiß, welches sonderbare Ereignis, welch dunkles Verhältnis der Dinge mir klar worden, von dem ich jetzt auch nur die leiseste Ahnung vergebens in meiner Seele suche. Mag aber auch die Sache sich nun verhalten, wie sie will, das was mir in diesem Blatt geboten wird, werde ich tun, und geschähe es auch nur, um den unseligen Schmuck los zu werden, der mir ein höllischer Talisman des Bösen selbst dünkt. Cardillac wird ihn doch wohl nun, seiner alten Sitte getreu, nicht so leicht wieder aus den Händen geben wollen.«

Schon andern Tages gedachte die Scuderi, sich mit dem Schmuck zu dem Goldschmied zu begeben. Doch war es, als hätten alle schönen Geister von ganz Paris sich verabredet, gerade an dem Morgen das Fräulein mit Versen, Schauspielen, Anekdoten zu bestürmen. Kaum hatte la Chapelle die Szene eines Trauerspiels geendet, und schlau versichert, dass er nun wohl Racine zu schlagen gedenke, als dieser selbst eintrat, und ihn mit irgendeines Königs pathetischer Rede zu Boden schlug, bis Boileau seine Leuchtkugeln in den schwarzen tragischen Himmel steigen ließ, um nur nicht ewig von der Kolonnade des Louvre schwatzen zu hören, in die ihn der architektische Doktor Perrault hineingeengt.

Hoher Mittag war geworden, die Scuderi musste zur Herzogin Montansier, und so blieb der Besuch bei Meister René Cardillac bis zum andern Morgen verschoben.

Die Scuderi fühlte sich von einer besondern Unruhe gepeinigt. Beständig vor Augen stand ihr der Jüngling und aus dem tiefsten Innern wollte sich eine dunkle Erinnerung aufregen, als habe sie dies Antlitz, diese Züge schon gesehen. Den leisesten Schlummer störten ängstliche Träume, es war ihr, als habe sie leichtsinnig, ja strafwürdig versäumt, die Hand hülfreich zu erfassen, die der Unglückliche, in den Abgrund versinkend, nach ihr emporgestreckt, ja als sei es an ihr gewesen, irgendeinem verderblichen Ereignis, einem heillosen Verbrechen zu steuern! – Sowie es nur hoher Morgen, ließ sie sich ankleiden, und fuhr, mit dem Schmuckkästchen versehen, zu dem Goldschmied hin.

Nach der Straße Nicaise, dorthin, wo Cardillac wohnte, strömte das Volk, sammelte sich vor der Haustüre – schrie, lärmte, tobte – wollte stürmend hinein, mit Mühe abgehalten von der Marechaussee, die das Haus umstellt. Im wilden, verwirrten Getöse riefen zornige Stimmen: »Zerreißt, zermalmt den verfluchten Mörder!« – Endlich erscheint Desgrais mit zahlreicher Mannschaft, *die* bildet durch den dicksten Haufen eine Gasse. Die Haustüre springt auf, ein Mensch mit Ketten belastet, wird hinausgebracht und unter den gräulichsten Verwünschungen des wütenden Pöbels fortgeschleppt. – In dem Augenblick, als die Scuderi halb entseelt vor Schreck und furchtbarer Ahnung dies gewahrt, dringt ein gellendes Jammergeschrei ihr in die Ohren. »Vor! – weiter vor!«, ruft sie ganz außer sich dem Kutscher zu, der mit einer geschickten, raschen Wendung den dicken Haufen auseinander stäubt und dicht vor Cardillacs Haustüre hält. Da sieht die Scuderi Desgrais und zu seinen Füßen ein junges Mädchen, schön wie der Tag, mit aufgelösten Haaren, halb entkleidet, wilde Angst, trostlose Verzweiflung im Antlitz, die hält seine Knie umschlungen und ruft mit dem Ton des entsetzlichsten, schneidendsten Todesschmerzes: »Er ist ja unschuldig! – er ist unschuldig!« Vergebens sind Desgrais', vergebens seiner Leute

Bemühungen, sie loszureißen, sie vom Boden aufzurichten. Ein starker, ungeschlachter Kerl ergreift endlich mit plumpen Fäusten die Arme, zerrt sie mit Gewalt weg von Desgrais, strauchelt ungeschickt, lässt das Mädchen fahren, die hinabschlägt die steinernen Stufen, und lautlos – tot auf der Straße liegen bleibt. Länger kann die Scuderi sich nicht halten. »In Christus' Namen, was ist geschehen, was geht hier vor?«, ruft sie, öffnet rasch den Schlag, steigt aus. – Ehrerbietig weicht das Volk der würdigen Dame, die, als sie sieht, wie ein paar mitleidige Weiber das Mädchen aufgehoben, auf die Stufen gesetzt haben, ihr die Stirne mit starkem Wasser reiben, sich dem Desgrais nähert, und mit Heftigkeit ihre Frage wiederholt. »Es ist das Entsetzliche geschehen«, spricht Desgrais, »René Cardillac wurde heute Morgen durch einen Dolchstich ermordet gefunden. Sein Geselle Olivier Brusson ist der Mörder. Eben wurde er fortgeführt ins Gefängnis.« »Und das Mädchen?«, ruft die Scuderi, »ist«, fällt Desgrais ein, »ist Madelon, Cardillacs Tochter. Der verruchte Mensch war ihr Geliebter. Nun weint und heult sie, und schreit ein Mal übers andere, dass Olivier unschuldig sei, ganz unschuldig. Am Ende weiß sie von der Tat und ich muss sie auch nach der Conciergerie bringen lassen.« Desgrais warf, als er dies sprach, einen tückischen, schadenfrohen Blick auf das Mädchen, vor dem die Scuderi erbebte. Eben begann das Mädchen leise zu atmen, doch keines Lauts, keiner Bewegung mächtig, mit geschlossenen Augen lag sie da, und man wusste nicht, was zu tun, sie ins Haus bringen, oder ihr noch länger beistehen bis zum Erwachen. Tief bewegt, Tränen in den Augen, blickte die Scuderi den unschuldsvollen Engel an, ihr graute vor Desgrais und seinen Gesellen. Da polterte es dumpf die Treppe herab, man brachte Cardillacs Leichnam. Schnell entschlossen rief die Scuderi laut: »Ich nehme das Mädchen mit mir, ihr möget für das Übrige sorgen, Desgrais!« Ein dumpfes Murmeln des Beifalls lief durch das Volk. Die Weiber hoben das Mädchen in die Höhe, alles drängte sich hinzu, hundert Hände mühten sich, ihnen beizustehen, und wie in den Lüften schwebend wurde das Mädchen in die Kutsche getragen, indem Segnungen der würdigen Dame, die die Unschuld dem Blutgericht entrissen, von allen Lippen strömten.

Serons, des berühmtesten Arztes in Paris, Bemühungen gelang es endlich, Madelon, die stundenlang in starrer Bewusstlosigkeit gelegen, wieder zu sich selbst zu bringen. Die Scuderi vollendete, was der Arzt begonnen, indem sie manchen milden Hoffnungsstrahl leuchten ließ in des Mädchens Seele, bis ein heftiger Tränenstrom, der ihr aus den Augen stürzte, ihr Luft machte. Sie vermochte, indem nur dann und wann die Übermacht des durchbohrendsten Schmerzes die Worte in tiefem Schluchzen erstickte, zu erzählen, wie sich alles begeben.

Um Mitternacht war sie durch leises Klopfen an ihrer Stubentüre geweckt worden, und hatte Oliviers Stimme vernommen, der sie beschworen, doch nur gleich aufzustehen, weil der Vater im Sterben liege. Entsetzt sei sie aufgesprungen und habe die Tür geöffnet. Olivier, bleich und entstellt, von Schweiß triefend, sei, das Licht in der Hand, mit wankenden Schritten nach der Werkstatt gegangen, sie ihm gefolgt. Da habe der Vater gelegen mit starren Augen und geröchelt im Todeskampfe. Jammernd habe sie sich auf ihn gestürzt, und nun erst sein blutiges Hemde bemerkt. Olivier habe sie sanft weggezogen und sich dann bemüht, eine Wunde auf der linken Brust des Vaters mit Wundbalsam zu waschen und zu verbinden. Währenddessen sei des Vaters Besinnung zurückgekehrt, er habe zu röcheln aufgehört, und sie, dann aber Olivier mit seelenvollem Blick angeschaut, ihre Hand ergriffen, sie in Oliviers Hand gelegt und beide heftig gedrückt. Beide, Olivier und sie, wären bei dem Lager des Vaters auf die Knie gefallen, er habe sich mit einem schneidenden Laut in die Höhe gerichtet, sei aber gleich wieder zurückgesunken und mit einem tiefen Seufzer verschieden. Nun hätten sie beide laut gejammert und geklagt. Olivier habe erzählt, wie der Meister auf einem Gange, den er mit ihm auf sein Geheiß in der Nacht habe machen müssen, in seiner Gegenwart ermordet worden, und wie er mit der größten Anstrengung den schweren Mann, den er nicht auf den Tod verwundet gehalten, nach Hause getragen. Sowie der Morgen angebrochen, wären die Hausleute, denen das Gepolter, das laute Weinen und Jammern in der Nacht aufgefallen, heraufgekommen und hätten sie noch ganz trostlos bei der Leiche des Vaters kniend gefunden. Nun sei Lärm entstanden; die Marechaussee eingedrungen und Olivier als Mörder seines Meisters ins Gefängnis geschleppt worden. Madelon fügte nun die rührendste Schilderung von der Tugend, der Frömmigkeit, der Treue ihres geliebten Oliviers hinzu. Wie er den Meister, als sei er sein eigener Vater, hoch in Ehren gehalten, wie dieser seine Liebe in vollem Maß erwidert, wie er ihn trotz seiner Armut zum Eidam erkoren, weil seine Geschicklichkeit seiner Treue, seinem edlen Gemüt gleichgekommen. Das alles erzählte Madelon aus dem innersten Herzen heraus und schloss damit, dass, wenn Olivier in ihrem Beisein dem Vater den Dolch in die Brust gestoßen hätte, sie dies eher für ein Blendwerk des Satans halten, als daran glauben würde, dass Olivier eines solchen entsetzlichen, grauenvollen Verbrechens fähig sein könne.

Die Scuderi, von Madelons namenlosen Leiden auf das Tiefste gerührt und ganz geneigt, den armen Olivier für unschuldig zu halten, zog Erkundigungen ein, und fand alles bestätigt, was Madelon über das häusliche Verhältnis des Meisters mit seinem Gesellen erzählt hatte. Die Hausleute, die Nachbarn rühmten einstimmig den Olivier als das Muster eines sittigen, frommen, treuen, fleißigen Betragens, niemand wusste Böses von ihm, und doch, war von der grässlichen Tat die Rede, zuckte jeder die Achseln und meinte, darin liege etwas Unbegreifliches.

Olivier, vor die Chambre ardente gestellt, leugnete, wie die Scuderi vernahm, mit der größten Standhaftigkeit, mit dem hellsten Freimut die ihm angeschuldigte Tat, und behauptete, dass sein Meister in seiner Gegenwart auf der Straße angefallen und niedergestoßen worden, dass er ihn aber noch lebendig nach Hause geschleppt, wo er sehr bald verschieden sei. Auch dies stimmte also mit Madelons Erzählung überein.

Immer und immer wieder ließ sich die Scuderi die kleinsten Umstände des schrecklichen Ereignisses wiederholen. Sie forschte genau, ob jemals ein Streit zwischen Meister und Gesellen vorgefallen, ob vielleicht Olivier nicht ganz frei von jenem Jähzorn sei, der oft wie ein blinder Wahnsinn die gutmütigsten Menschen überfällt und zu Taten verleitet, die alle Willkür des Handelns auszuschließen scheinen. Doch je begeisterter Madelon von dem ruhigen häuslichen Glück sprach, in dem die drei Menschen in innigster Liebe verbunden lebten, desto mehr verschwand jeder Schatten des Verdachts wider den auf den Tod angeklagten Olivier. Genau alles prüfend, davon ausgehend, dass Olivier unerachtet alles dessen, was laut für seine Unschuld spräche, dennoch Cardillacs Mörder gewesen, fand die Scuderi im Reich der Möglichkeit keinen Beweggrund zu der entsetzlichen Tat, die in jedem Fall Oliviers Glück zerstören musste. – Er ist arm, aber geschickt. – Es gelingt ihm, die Zuneigung des berühmtesten Meisters zu gewinnen, er liebt die Tochter, der Meister begünstigt seine Liebe, Glück, Wohlstand für sein ganzes Leben wird ihm erschlossen! – Sei es aber nun, dass, Gott weiß, auf welche Weise gereizt, Olivier vom Zorn übermannt, seinen Wohltäter, seinen Vater mörderisch anfiel, welche teuflische Heuchelei gehört dazu, nach der Tat sich so zu betragen, als es wirklich geschah! – Mit der festen Überzeugung von Oliviers Unschuld fasste die Scuderi den Entschluss, den unschuldigen Jüngling zu retten, koste es, was es wolle.

Es schien ihr, ehe sie die Huld des Königs selbst vielleicht anrufe, am geratensten, sich an den Präsidenten la Regnie zu wenden, ihn auf alle Umstände, die für Oliviers Unschuld sprechen mussten, aufmerksam zu machen, und so vielleicht in des Präsidenten Seele eine innere, dem Angeklagten günstige Überzeugung zu erwecken, die sich wohltätig den Richtern mitteilen sollte.

La Regnie empfing die Scuderi mit der hohen Achtung, auf die die würdige Dame, von dem Könige selbst hoch geehrt, gerechten Anspruch machen konnte. Er hörte ruhig alles an, was sie über die entsetzliche Tat, über Oliviers Verhältnisse, über seinen Charakter vorbrachte. Ein feines, beinahe hämisches Lächeln war indessen alles, womit er bewies, dass die Beteuerungen, die von häufigen Tränen begleiteten Ermahnungen, wie jeder Richter nicht der Feind des Angeklagten sein, sondern auch auf alles achten müsse, was zu seinen Gunsten spräche, nicht an gänzlich tauben Ohren vorüberglitten. Als das Fräulein nun endlich ganz erschöpft, die Tränen von den Augen wegtrocknend, schwieg, fing Regnie an: »Es ist ganz Eures vortrefflichen Herzens würdig, mein Fräulein, dass Ihr, gerührt von den Tränen eines jungen, verliebten Mädchens, alles glaubt, was sie vorbringt, ja dass Ihr nicht fähig seid, den Gedanken einer entsetzlichen Untat zu fassen, aber anders ist es mit dem Richter, der gewohnt ist, frecher Heuchelei die Larve abzureißen. Wohl mag es nicht meines Amts sein, jedem, der mich frägt, den Gang eines Kriminalprozesses zu entwickeln. Fräulein!, ich tue meine Pflicht, wenig kümmert mich das Urteil der Welt. Zittern sollen die Bösewichter vor der Chambre ardente, die keine Strafe kennt als Blut und Feuer. Aber vor Euch, mein würdiges Fräulein, möchte ich nicht für ein Ungeheuer gehalten werden an Härte und Grausamkeit, darum vergönnt mir, dass ich Euch mit wenigen Worten die Blutschuld des jungen Bösewichts, der, dem Himmel sei es gedankt!, der Rache verfallen ist, klar vor Augen lege. Euer scharfsinniger Geist wird dann selbst die Gutmütigkeit verschmähen, die Euch Ehre macht, mir aber gar nicht anstehen würde. – Also! – Am Morgen wird René Cardillac durch einen Dolchstoß ermordet gefunden. Niemand ist bei ihm, als sein Geselle Olivier Brusson und die Tochter. In Oliviers Kammer, unter andern, findet man einen Dolch von frischem Blute gefärbt, der genau in die Wunde passt. ›Cardillac ist‹, spricht Olivier, ›in der Nacht vor meinen Augen niedergestoßen worden.‹ – ›Man wollte ihn berauben?‹ ›Das weiß ich nicht!‹ – ›Du gingst mit ihm, und es war dir nicht möglich, dem Mörder zu wehren? – ihn festzuhalten? um Hülfe zu rufen?‹ ›Funfzehn, wohl zwanzig Schritte vor mir ging der Meister, ich folgte ihm.‹ ›Warum in aller Welt so entfernt?‹ – ›Der Meister wollt es so.‹ ›Was hatte überhaupt Meister Cardillac so spät auf der Straße zu tun?‹ – ›Das kann ich nicht sagen.‹ ›Sonst ist er aber doch niemals nach neun Uhr abends aus dem Hause gekommen?‹ – Hier stockt Olivier, er ist bestürzt, er seufzt, er vergießt Tränen, er beteuert bei allem, was heilig, dass Cardillac wirklich in jener Nacht ausgegangen sei, und seinen Tod gefunden habe. Nun merkt aber wohl auf, mein Fräulein. Erwiesen ist es bis zur vollkommensten Gewissheit, dass Cardillac in jener Nacht das Haus nicht verließ, mithin ist Oliviers Behauptung, er sei mit ihm wirklich ausgegangen, eine freche Lüge. Die Haustüre ist mit einem schweren Schloss versehen, welches bei dem Auf- und Zuschließen ein durchdringendes Geräusch macht, dann aber bewegt sich der Türflügel widrig knarrend und heulend in den Angeln, sodass, wie es angestellte Versuche bewährt haben, selbst im obersten Stock des Hauses das Getöse widerhallt. Nun wohnt in dem untersten Stock, also dicht neben der Haustüre, der alte Meister Claude Patru mit seiner Aufwärterin, einer Person von beinahe achtzig Jahren, aber noch munter und rührig. Diese beiden Personen hörten, wie Cardillac nach seiner gewöhnlichen Weise an jenem Abend Punkt neun Uhr die Treppe hinabkam, die Türe mit vielem Geräusch verschloss und verrammelte, dann wieder hinaufstieg, den Abendsegen laut las und dann, wie man es an dem Zuschlagen der Türe vernehmen konnte, in sein Schlafzimmer ging. Meister Claude leidet an Schlaflosigkeit, wie es alten Leuten wohl zu gehen pflegt. Auch in jener Nacht konnte er kein Auge zutun. Die Aufwärterin schlug daher, es mochte halb zehn Uhr sein, in der Küche, in die sie über den Hausflur gehend gelangt, Licht an und setzte sich zum Meister Claude an den Tisch mit einer alten Chronik, in der sie las, während der Alte seinen Gedanken nachhängend bald sich in den Lehnstuhl setzte, bald wieder aufstand, und um Müdigkeit und Schlaf zu gewinnen, im Zimmer leise und langsam auf und ab schritt. Es blieb alles still und ruhig bis nach Mitternacht. Da hörte sie über sich scharfe Tritte, einen harten Fall, als stürze eine schwere Last zu Boden, und gleich darauf ein dumpfes Stöhnen. In beide kam eine seltsame Angst und Beklommenheit. Die Schauer der entsetzlichen Tat, die eben begangen, gingen bei ihnen vorüber. – Mit dem hellen Morgen trat dann ans Licht, was in der Finsternis begonnen.« – »Aber«, fiel die Scuderi ein, »aber um aller Heiligen willen, könnt Ihr bei allen Umständen, die ich erst weitläuftig erzählte, Euch denn irgendeinen Anlass zu dieser Tat der Hölle denken?« – »Hm«, erwiderte la Regnie, »Cardillac war nicht arm – im Besitz vortrefflicher Steine.« »Bekam«, fuhr die Scuderi fort, »bekam denn nicht alles die Tochter? – Ihr vergesst, dass Olivier Cardillacs Schwiegersohn werden sollte.« »Er musste vielleicht teilen oder gar nur für andere morden«, sprach la Regnie. »Teilen, für andere morden?«, fragte die Scuderi in vollem Erstaunen. »Wisst«, fuhr der Präsident fort, »wisst mein Fräulein!, dass Olivier schon längst geblutet hätte auf dem Greveplatz, stünde seine

Tat nicht in Beziehung mit dem dicht verschleierten Geheimnis, das bisher so bedrohlich über ganz Paris waltete. Olivier gehört offenbar zu jener verruchten Bande, die alle Aufmerksamkeit, alle Mühe, alles Forschen der Gerichtshöfe verspottend ihre Streiche sicher und ungestraft zu führen wusste. Durch ihn wird – muss alles klar werden. Die Wunde Cardillacs ist denen ganz ähnlich, die alle auf der Straße, in den Häusern Ermordete und Beraubte trugen. Dann aber das Entscheidendste, seit der Zeit, dass Olivier Brusson verhaftet ist, haben alle Mordtaten, alle Beraubungen aufgehört. Sicher sind die Straßen zur Nachtzeit wie am Tage. Beweis genug, dass Olivier vielleicht an der Spitze jener Mordbande stand. Noch will er nicht bekennen, aber es gibt Mittel, ihn sprechen zu machen wider seinen Willen.« »Und Madelon«, rief die Scuderi, »und Madelon, die treue, unschuldige Taube.« – »Ei«, sprach la Regnie mit einem giftigen Lächeln, »ei wer steht mir dafür, dass sie nicht mit im Komplott ist. Was ist ihr an dem Vater gelegen, nur dem Mordbuben gelten ihre Tränen.« »Was sagt Ihr«, schrie die Scuderi, »es ist nicht möglich; den Vater! dieses Mädchen!« – »O!«, fuhr la Regnie fort, »o!, denkt doch nur an die Brinvillier! Ihr möget es mir verzeihen, wenn ich mich vielleicht bald genötigt sehe, Euch Euern Schützling zu entreißen und in die Conciergerie werfen zu lassen.« – Der Scuderi ging ein Grausen an bei diesem entsetzlichen Verdacht. Es war ihr, als könne vor diesem schrecklichen Manne keine Treue, keine Tugend bestehen, als spähe er in den tiefsten, geheimsten Gedanken Mord und Blutschuld. Sie stand auf. »Seid menschlich«, das war alles, was sie beklommen, mühsam atmend hervorbringen konnte. Schon im Begriff, die Treppe hinabzusteigen, bis zu der der Präsident sie mit zeremoniöser Artigkeit begleitet hatte, kam ihr, selbst wusste sie nicht wie, ein seltsamer Gedanke. »Würd es mir wohl erlaubt sein, den unglücklichen Olivier Brusson zu sehen?«, so fragte sie den Präsidenten sich rasch umwendend.

Dieser schaute sie mit bedenklicher Miene an, dann verzog sich sein Gesicht in jenes widrige Lächeln, das ihm eigen. »Gewiss«, sprach er, »gewiss wollt Ihr nun, mein würdiges Fräulein, Euerm Gefühl, der innern Stimme mehr vertrauend als dem, was vor unsern Augen geschehen, selbst Oliviers Schuld oder Unschuld prüfen. Scheut Ihr nicht den düstern Aufenthalt des Verbrechens, ist es Euch nicht gehässig, die Bilder der Verworfenheit in allen Abstufungen zu sehen, so sollen für Euch in zwei Stunden die Tore der Conciergerie offen sein. Man wird Euch diesen Olivier, dessen Schicksal Eure Teilnahme erregt, vorstellen.«

In der Tat konnte sich die Scuderi von der Schuld des jungen Menschen nicht überzeugen. Alles sprach wider ihn, ja kein Richter in der Welt hätte anders gehandelt, wie la Regnie, bei solch entscheidenden Tatsachen. Aber das Bild häuslichen Glücks, wie es Madelon mit den lebendigsten Zügen der Scuderi vor Augen gestellt, überstrahlte jeden bösen Verdacht, und so mochte sie lieber ein unerklärliches Geheimnis annehmen, als daran glauben, wogegen ihr ganzes Inneres sich empörte.

Sie gedachte, sich von Olivier noch einmal alles, wie es sich in jener verhängnisvollen Nacht begeben, erzählen zu lassen, und so viel möglich in ein Geheimnis zu dringen, das vielleicht den Richtern verschlossen geblieben, weil es wertlos schien, sich weiter darum zu bekümmern.

In der Conciergerie angekommen, führte man die Scuderi in ein großes, helles Gemach. Nicht lange darauf vernahm sie Kettengerassel. Olivier Brusson wurde gebracht. Doch sowie er in die Türe trat, sank auch die Scuderi ohnmächtig nieder. Als sie sich erholt hatte, war Olivier verschwunden. Sie verlangte mit Heftigkeit, dass man sie nach dem Wagen bringe, fort, augenblicklich fort wollte sie aus den Gemächern der frevelnden Verruchtheit. Ach! – auf den ersten Blick hatte sie in Olivier Brusson den jungen Menschen erkannt, der auf dem Pontneuf jenes Blatt ihr in den Wagen geworfen, der ihr das Kästchen mit den Juwelen gebracht hatte. – Nun war ja jeder Zweifel gehoben, la Regnies schreckliche Vermutung ganz bestätigt. Olivier Brusson gehört zu der fürchterlichen Mordbande, gewiss ermordete er auch den Meister! – Und Madelon? – So bitter noch nie vom innern Gefühl getäuscht, auf den Tod angepackt von der höllischen Macht auf Erden, an deren Dasein sie nicht geglaubt, verzweifelte die Scuderi an aller Wahrheit. Sie gab Raum dem entsetzlichen Verdacht, dass Madelon mit verschworen sein und teilhaben könne an der grässlichen Blutschuld. Wie es denn geschieht, dass der menschliche Geist, ist ihm ein Bild aufgegangen, emsig Farben sucht und findet, es greller und greller auszumalen, so fand auch die Scuderi, jeden Umstand der Tat, Madelons Betragen in den kleinsten Zügen erwägend, gar vieles, jenen Verdacht zu nähren. So wurde manches, was ihr bisher als Beweis der Unschuld und Reinheit gegolten, sicheres Merkmal frevelicher Bosheit, studierter Heuchelei. Jener herzzerreißende Jammer, die blutigen Tränen konnten wohl erpresst sein von der Todesangst, nicht den Geliebten bluten zu sehen, nein – selbst zu fallen unter der Hand des Henkers. Gleich sich die Schlange, die sie im Busen nähre, vom Halse zu schaffen; mit diesem Entschluss stieg die Scuderi aus dem Wagen. In ihr Gemach eingetreten, warf Madelon sich ihr zu Füßen. Die Himmelsaugen, ein Engel Gottes hat sie nicht treuer, zu ihr emporgerichtet, die Hände vor der wallenden Brust zusammengefaltet, jammerte und flehte sie laut um Hülfe und Trost. Die Scuderi sich mühsam zusammenfassend, sprach, indem sie dem Ton ihrer Stimme so viel Ernst und Ruhe zu geben suchte, als ihr möglich: »Geh – geh – tröste dich nur über den Mörder, den die gerechte Strafe seiner Schandtaten erwartet – Die heilige Jungfrau möge verhüten, dass nicht auf dir selbst eine Blutschuld schwer laste.« »Ach nun ist alles verloren!« – Mit diesem gellenden Ausruf stürzte Madelon ohnmächtig zu Boden. Die Scuderi überließ die Sorge um das Mädchen der Martiniere und entfernte sich in ein anderes Gemach. –

Ganz zerrissen im Innern, entzweit mit allem Irdischen wünschte die Scuderi, nicht mehr in einer Welt voll höllischen Truges zu leben. Sie klagte das Verhängnis an, das in bitterm Hohn ihr so viele Jahre vergönnt, ihren Glauben an Tugend und Treue zu stärken, und nun in ihrem Alter das schöne Bild vernichte, welches ihr im Leben geleuchtet.

Sie vernahm, wie die Martiniere Madelon fortbrachte, die leise seufzte und jammerte: »Ach! – auch *sie* – auch *sie* haben die Grausamen betört. – Ich Elende – armer, unglücklicher Olivier!« – Die Töne drangen der Scuderi ins Herz, und aufs Neue regte sich aus dem tiefsten Innern heraus die Ahnung eines Geheimnisses, der Glaube an Oliviers Unschuld. Bedrängt von den widersprechendsten Gefühlen, ganz außer sich rief die Scuderi: »Welcher Geist der Hölle hat mich in die entsetzliche Geschichte verwickelt, die mir das Leben kosten wird!« – In dem Augenblick trat Baptiste hinein, bleich und erschrocken, mit der Nachricht, dass Desgrais draußen sei. Seit dem abscheulichen Prozess der la Voisin war Desgrais' Erscheinung in einem Hause der gewisse Vorbote irgendeiner peinlichen Anklage, daher kam Baptistes Schreck, deshalb fragte ihn das Fräulein mit mildem Lächeln: »Was ist dir, Baptiste? – Nicht wahr! – der Name Scuderi befand sich auf der Liste der la Voisin?« »Ach um Christus willen«, erwiderte Baptiste, am ganzen Leibe zitternd, »wie möget Ihr nur so etwas aussprechen, aber Desgrais – der entsetzliche Desgrais, tut so geheimnisvoll, so dringend, er scheint es gar nicht erwarten zu können, Euch zu sehen!« – »Nun«, sprach die Scuderi, »nun Baptiste, so führt ihn nur gleich herein den Menschen, der Euch so fürchterlich ist, und der mir wenigstens keine Besorgnis erregen kann.« – »Der Präsident«, sprach Desgrais, als er ins Gemach getreten, »der Präsident la Regnie schickt mich zu

Euch, mein Fräulein, mit einer Bitte, auf deren Erfüllung er gar nicht hoffen würde, kennte er nicht Euere Tugend, Euern Mut, läge nicht das letzte Mittel, eine böse Blutschuld an den Tag zu bringen, in Euern Händen, hättet Ihr nicht selbst schon teilgenommen an dem bösen Prozess, der die Chambre ardente, uns alle in Atem hält. Olivier Brusson, seitdem er Euch gesehen hat, ist halb rasend. So sehr er schon zum Bekenntnis sich zu neigen schien, so schwört er doch jetzt aufs Neue bei Christus und allen Heiligen, dass er an dem Morde Cardillacs ganz unschuldig sei, wiewohl er den Tod gern leiden wolle, den er verdient habe. Bemerkt, mein Fräulein, dass der letzte Zusatz offenbar auf andere Verbrechen deutet, die auf ihm lasten. Doch vergebens ist alle Mühe, nur ein Wort weiter herauszubringen, selbst die Drohung mit der Tortur hat nichts gefruchtet. Er fleht, er beschwört uns, ihm eine Unterredung mit Euch zu verschaffen, *Euch* nur, *Euch* allein will er alles gestehen. Lasst Euch herab, mein Fräulein, Brussons Bekenntnis zu hören.« »Wie!«, rief die Scuderi ganz entrüstet, »soll ich dem Blutgericht zum Organ dienen, soll ich das Vertrauen des unglücklichen Menschen missbrauchen, ihn aufs Blutgerüst zu bringen? – Nein Desgrais!, mag Brusson auch ein verruchter Mörder sein, nie wär es mir doch möglich, ihn so spitzbübisch zu hintergehen. Nichts mag ich von seinen Geheimnissen erfahren, die wie eine heilige Beichte in meiner Brust verschlossen bleiben würden.« »Vielleicht«, versetzte Desgrais mit einem feinen Lächeln, »vielleicht, mein Fräulein, ändert sich Eure Gesinnung, wenn Ihr Brusson gehört habt. Batet Ihr den Präsident nicht selbst, er sollte menschlich sein? Er tut es, indem er dem törichten Verlangen Brussons nachgibt, und so das letzte Mittel versucht, ehe er die Tortur verhängt, zu der Brusson längst reif ist.« Die Scuderi schrak unwillkürlich zusammen. »Seht«, fuhr Desgrais fort, »seht, würdige Dame, man wird Euch keineswegs zumuten, noch einmal in jene finstere Gemächer zu treten, die Euch mit Grausen und Abscheu erfüllen. In der Stille der Nacht, ohne alles Aufsehen bringt man Olivier Brusson wie einen freien Menschen zu Euch in Euer Haus. Nicht einmal belauscht, doch wohl bewacht, mag er Euch dann zwanglos alles bekennen. Dass Ihr für Euch selbst nichts von dem Elenden zu fürchten habt, dafür stehe ich Euch mit meinem Leben ein. Er spricht von Euch mit inbrünstiger Verehrung. Er schwört, dass nur das düstre Verhängnis, welches ihm verwehrt habe, Euch früher zu sehen, ihn in den Tod gestürzt. Und dann steht es ja bei Euch, von dem, was Euch Brusson entdeckt, so viel zu sagen, als Euch beliebt. Kann man Euch zu mehrerem zwingen?«

Die Scuderi sah tief sinnend vor sich nieder. Es war ihr, als müsse sie der höheren Macht gehorchen, die den Aufschluss irgendeines entsetzlichen Geheimnisses von ihr verlange, als könne sie sich nicht mehr den wunderbaren Verschlingungen entziehen, in die sie willenlos geraten. Plötzlich entschlossen sprach sie mit Würde: »Gott wird mir Fassung und Standhaftigkeit geben; führt den Brusson her, ich will ihn sprechen.«

So wie damals, als Brusson das Kästchen brachte, wurde um Mitternacht an die Haustüre der Scuderi gepocht. Baptiste, von dem nächtlichen Besuch unterrichtet, öffnete. Eiskalter Schauer überlief die Scuderi, als sie an den leisen Tritten, an dem dumpfen Gemurmel wahrnahm, dass die Wächter, die den Brusson gebracht, sich in den Gängen des Hauses verteilten.

Endlich ging leise die Türe des Gemachs auf. Desgrais trat herein, hinter ihm Olivier Brusson, fesselfrei, in anständigen Kleidern. »Hier ist«, sprach Desgrais, sich ehrerbietig verneigend, »hier ist Brusson, mein würdiges Fräulein!« und verließ das Zimmer.

Brusson sank vor der Scuderi nieder auf beide Knie, flehend erhob er die gefalteten Hände, indem häufige Tränen ihm aus den Augen rannen.

Die Scuderi schaute erblasst, keines Wortes mächtig, auf ihn herab. Selbst bei dem entstellten, ja durch Gram, durch grimmen Schmerz verzerrten Zügen strahlte der reine Ausdruck des treusten Gemüts aus dem Jünglingsantlitz. Je länger die Scuderi ihre Augen auf Brussons Gesicht ruhen ließ, desto lebhafter trat die Erinnerung an irgendeine geliebte Person hervor, auf die sie sich nur nicht deutlich zu besinnen vermochte. Alle Schauer wichen von ihr, sie vergaß, dass Cardillacs Mörder vor ihr knie, sie sprach mit dem anmutigen Tone des ruhigen Wohlwollens, der ihr eigen: »Nun Brusson, was habt Ihr mir zu sagen?« Dieser, noch immer kniend, seufzte auf vor tiefer, inbrünstiger Wehmut und sprach dann: »O mein würdiges, mein hochverehrtes Fräulein, ist denn jede Spur der Erinnerung an mich verflogen?« Die Scuderi, ihn noch aufmerksamer betrachtend, erwiderte, dass sie allerdings in seinen Zügen die Ähnlichkeit mit einer von ihr geliebten Person gefunden, und dass er nur dieser Ähnlichkeit es verdanke, wenn sie den tiefen Abscheu vor dem Mörder überwinde und ihn ruhig anhöre. Brusson, schwer verletzt durch diese Worte, erhob sich schnell und trat, den finstern Blick zu Boden gesenkt, einen Schritt zurück. Dann sprach er mit dumpfer Stimme: »Habt Ihr denn Anne Guiot ganz vergessen? – ihr Sohn Olivier – der Knabe, den Ihr oft auf Euern Knien schaukeltet, ist es, der vor Euch steht.« »O um aller Heiligen willen!«, rief die Scuderi, indem sie mit beiden Händen das Gesicht bedeckend in die Polster zurücksank. Das Fräulein hatte wohl Ursache genug, sich auf diese Weise zu entsetzen. Anne Guiot, die Tochter eines verarmten Bürgers, war von klein auf bei der Scuderi, die sie, wie die Mutter das liebe Kind, erzog mit aller Treue und Sorgfalt. Als sie nun herangewachsen, fand sich ein hübscher sittiger Jüngling, Claude Brusson geheißen, ein, der um das Mädchen warb. Da er nun ein grundgeschickter Uhrmacher war, der sein reichliches Brot in Paris finden musste, Anne ihn auch herzlich lieb gewonnen hatte, so trug die Scuderi gar kein Bedenken, in die Heirat ihrer Pflegetochter zu willigen. Die jungen Leute richteten sich ein, lebten in stiller, glücklicher Häuslichkeit, und was den Liebesbund noch fester knüpfte, war die Geburt eines wunderschönen Knaben, der holden Mutter treues Ebenbild.

Einen Abgott machte die Scuderi aus dem kleinen Olivier, den sie stunden-, tagelang der Mutter entriss, um ihn zu liebkosen, zu hätscheln. Daher kam es, dass der Junge sich ganz an sie gewöhnte, und ebenso gern bei ihr war, als bei der Mutter. Drei Jahre waren vorüber, als der Brotneid der Kunstgenossen Brussons es dahin brachte, dass seine Arbeit mit jedem Tage abnahm, sodass er zuletzt kaum sich kümmerlich ernähren konnte. Dazu kam die Sehnsucht nach seinem schönen heimatlichen Genf, und so geschah es, dass die kleine Familie dorthin zog, des Widerstrebens der Scuderi, die alle nur mögliche Unterstützung versprach, unerachtet. Noch ein paar Mal schrieb Anne an ihre Pflegemutter, dann schwieg sie, und diese musste glauben, dass das glückliche Leben in Brussons Heimat das Andenken an die früher verlebten Tage nicht mehr aufkommen lasse.

Es waren jetzt gerade dreiundzwanzig Jahre her, als Brusson mit seinem Weibe und Kinde Paris verlassen und nach Genf gezogen.

»O entsetzlich«, rief die Scuderi, als sie sich einigermaßen wieder erholt hatte, »o entsetzlich! – Olivier bist du? – der Sohn meiner Anne! – Und jetzt!« – »Wohl«, versetzte Olivier ruhig und gefasst, »wohl, mein würdiges Fräulein, hättet Ihr nimmermehr ahnen können, dass der Knabe, den Ihr wie die zärtlichste Mutter hätscheltet, dem Ihr, auf Euerm Schoß ihn schaukelnd, Näscherei auf Näscherei in den Mund stecktet, dem Ihr die süßesten Namen gabt, zum Jünglinge gereift dereinst vor Euch stehen würde, grässlicher Blutschuld angeklagt! – Ich bin nicht vorwurfsfrei, die Chambre ardente kann mich mit Recht eines Verbrechens zeihen; aber, so wahr ich selig zu sterben hoffe, sei es auch durch des Henkers Hand, rein bin ich von jeder Blutschuld, nicht durch mich, nicht durch mein Verschulden fiel der unglückliche Cardillac!« – Olivier geriet bei diesen Worten in ein Zittern und Schwanken. Stillschweigend wies die Scuderi auf einen kleinen Sessel, der Olivier zur Seite stand. Er ließ sich langsam nieder.

»Ich hatte Zeit genug«, fing er an, »mich auf die Unterredung mit Euch, die ich als die letzte Gunst des versöhnten Himmels betrachte, vorzubereiten, und so viel Ruhe und Fassung zu gewinnen als nötig, Euch die Geschichte meines entsetzlichen, unerhörten Missgeschicks zu erzählen. Erzeigt mir die Barmherzigkeit, mich ruhig anzuhören, so sehr Euch auch die Entdeckung eines Geheimnisses, das Ihr gewiss nicht geahnet, überraschen, ja mit Grausen erfüllen mag. – Hätte mein armer Vater Paris doch niemals verlassen! – So weit meine Erinnerung an Genf reicht, finde ich mich wieder, von den trostlosen Eltern mit Tränen benetzt, von ihren Klagen, die ich nicht verstand, selbst zu Tränen gebracht. Später kam mir das deutliche Gefühl, das volle Bewusstsein des drückendsten Mangels, des tiefen Elends, in dem meine Eltern lebten. Mein Vater fand sich in allen seinen Hoffnungen getäuscht. Von tiefem Gram niedergebeugt, erdrückt, starb er in dem Augenblick, als es ihm gelungen war, mich bei einem Goldschmied als Lehrjunge unterzubringen. Meine Mutter sprach viel von Euch, sie wollte Euch alles klagen, aber dann überfiel sie die Mutlosigkeit, welche vom Elend erzeugt wird. *Das* und auch wohl falsche Scham, die oft an dem todwunden Gemüte nagt, hielt sie von ihrem Entschluss zurück. Wenige Monden nach dem Tode meines Vaters folgte ihm meine Mutter ins Grab.« »Arme Anne! Arme Anne!«, rief die Scuderi von Schmerz überwältigt. »Dank und Preis der ewigen Macht des Himmels, dass sie hinüber ist, und nicht fallen sieht den geliebten Sohn unter der Hand des Henkers, mit Schande gebrandmarkt.« So schrie Olivier laut auf, indem er einen wilden, entsetzlichen Blick in die Höhe warf. Es wurde draußen unruhig, man ging hin und her. »Ho ho«, sprach Olivier mit einem bittern Lächeln, »Desgrais weckt seine Spießgesellen, als ob ich *hier* entfliehen könnte. – Doch weiter! – Ich wurde von meinem Meister hart gehalten, unerachtet ich bald am besten arbeitete, ja wohl endlich den Meister weit übertraf. Es begab sich, dass einst ein Fremder in unsere Werkstatt kam, um einiges Geschmeide zu kaufen. Als der nun einen schönen Halsschmuck sah, den ich gearbeitet, klopfte er mir mit freundlicher Miene auf die Schultern, indem er, den Schmuck beäugelnd, sprach: ›Ei, ei!, mein junger Freund, das ist ja ganz vortreffliche Arbeit. Ich wüsste in der Tat nicht, wer Euch noch anders übertreffen sollte, als René Cardillac, der freilich der erste Goldschmied ist, den es auf der Welt gibt. Zu dem solltet Ihr hingehen; mit Freuden nimmt er Euch in seine Werkstatt, denn nur Ihr könnt ihm beistehen in seiner kunstvollen Arbeit, und nur von ihm allein könnt Ihr dagegen noch lernen.‹ Die Worte des Fremden waren tief in meine Seele gefallen. Ich hatte keine Ruhe mehr in Genf, mich zog es fort mit Gewalt. Endlich gelang es mir, mich von meinem Meister los zu machen. Ich kam nach Paris. René Cardillac empfing mich kalt und barsch. Ich ließ nicht nach, er musste mir Arbeit geben, so geringfügig sie auch sein mochte. Ich sollte einen kleinen Ring fertigen. Als ich ihm die Arbeit brachte, sah er mich starr an mit seinen funkelnden Augen, als wollt' er hineinschauen in mein Innerstes. Dann sprach er: ›Du bist ein tüchtiger, wackerer Geselle, du kannst zu mir ziehen und mir helfen in der Werkstatt. Ich zahle dir gut, du wirst mit mir zufrieden sein.‹ Cardillac hielt Wort. Schon mehrere Wochen war ich bei ihm, ohne Madelon gesehen zu haben, die, irr ich nicht, auf dem Lande bei irgendeiner Muhme Cardillacs damals sich aufhielt. Endlich kam sie. O du ewige Macht des Himmels, wie geschah mir, als ich das Engelsbild sah! – Hat je ein Mensch so geliebt als ich! Und nun! – O Madelon!«

Olivier konnte vor Wehmut nicht weitersprechen. Er hielt beide Hände vors Gesicht und schluchzte heftig. Endlich mit Gewalt den wilden Schmerz, der ihn erfasst, niederkämpfend sprach er weiter.

»Madelon blickte mich an mit freundlichen Augen. Sie kam öfter und öfter in die Werkstatt. Mit Entzücken gewahrte ich ihre Liebe. So streng der Vater uns bewachte, mancher verstohlne Händedruck galt als Zeichen des geschlossenen Bundes, Cardillac schien nichts zu merken. Ich gedachte, hätte ich erst seine Gunst gewonnen, und konnte ich die Meisterschaft erlangen, um Madelon zu werben. Eines Morgens, als ich meine Arbeit beginnen wollte, trat Cardillac vor mich hin, Zorn und Verachtung im finstern Blick. ›Ich bedarf deiner Arbeit nicht mehr‹, fing er an, ›fort aus dem Hause noch in dieser Stunde, und lass dich nie mehr vor meinen Augen sehen. Warum ich dich hier nicht mehr dulden kann, brauche ich dir nicht zu sagen. Für dich armen Schlucker hängt die süße Frucht zu hoch, nach der du trachtest!‹ Ich wollte reden, er packte mich aber mit starker Faust und warf mich zur Türe hinaus, dass ich niederstürzte und mich hart verwundete an Kopf und Arm. – Empört, zerrissen vom grimmen Schmerz verließ ich das Haus, und fand endlich am äußersten Ende der Vorstadt St. Martin einen gutmütigen Bekannten, der mich aufnahm in seine Bodenkammer. Ich hatte keine Ruhe, keine Rast. Zur Nachtzeit umschlich ich Cardillacs Haus, wähnend, dass Madelon meine Seufzer, meine Klage vernehmen, dass es ihr vielleicht gelingen werde, mich vom Fenster herab unbelauscht zu sprechen. Allerlei verwogene Pläne kreuzten in meinem Gehirn, zu deren Ausführung ich sie zu bereden hoffte. An Cardillacs Haus in der Straße Nicaise schließt sich eine hohe Mauer mit Blenden und alten, halb zerstückelten Steinbildern darin. Dicht bei einem solchen Steinbilde stehe ich in einer Nacht und sehe hinauf nach den Fenstern des Hauses, die in den Hof gehen, den die Mauer einschließt. Da gewahre ich plötzlich Licht in Cardillacs Werkstatt. Es ist Mitternacht, nie war sonst Cardillac zu dieser Stunde wach, er pflegte sich auf den Schlag neun Uhr zur Ruhe zu begeben. Mir pocht das Herz vor banger Ahnung, ich denk an irgendein Ereignis, das mir vielleicht den Eingang bahnt. Doch gleich verschwindet das Licht wieder. Ich drücke mich an das Steinbild, in die Blende hinein, doch entsetzt pralle ich zurück, als ich einen Gegendruck fühle, als sei das Bild lebendig worden. In dem dämmernden Schimmer der Nacht gewahre ich nun, dass der Stein sich langsam dreht, und hinter demselben eine finstere Gestalt hervorschlüpft, die leisen Trittes die Straße hinabgeht. Ich springe an das Steinbild hinan, es steht wie zuvor dicht an der Mauer. Unwillkürlich, wie von einer innern Macht getrieben, schleiche ich hinter der Gestalt her. Gerade bei einem Marienbilde schaut die Gestalt sich um, der volle Schein der hellen Lampe, die vor dem Bilde brennt, fällt ihr ins Antlitz. Es ist Cardillac! Eine unbegreifliche Angst, ein unheimliches Grauen überfällt mich. Wie durch Zauber festgebannt muss ich fort – nach – dem gespenstischen Nachtwanderer. Dafür halte ich den Meister, unerachtet nicht die Zeit des Vollmonds ist, in der solcher Spuk die Schlafenden betört. Endlich verschwindet Cardillac seitwärts in den tiefen Schatten. An einem kleinen, wiewohl bekannten Räuspern gewahre ich indessen, dass er in die Einfahrt eines Hauses getreten ist. Was bedeutet das, was wird er beginnen? – So frage ich mich selbst voll Erstaunen, und drücke mich dicht an die Häuser. Nicht lange dauert's, so kommt singend und trillerierend ein Mann daher mit leuchtendem Federbusch und klirrenden Sporen. Wie ein Tiger auf seinen Raub, stürzt sich Cardillac aus seinem Schlupfwinkel auf den Mann, der in demselben Augenblick röchelnd zu Boden sinkt. Mit einem

Schrei des Entsetzens springe ich heran, Cardillac ist über den Mann, der zu Boden liegt, her. ›Meister Cardillac, was tut Ihr‹, rufe ich laut. ›Vermaledeiter!‹, brüllt Cardillac, rennt mit Blitzesschnelle bei mir vorbei und verschwindet. Ganz außer mir, kaum der Schritte mächtig, nähere ich mich dem Niedergeworfenen. Ich knie bei ihm nieder, vielleicht, denk ich, ist er noch zu retten, aber keine Spur des Lebens ist mehr in ihm. In meiner Todesangst gewahre ich kaum, dass mich die Marechaussee umringt hat. ›Schon wieder einer von den Teufeln niedergestreckt – he he – junger Mensch, was machst du da – bist einer von der Bande? – fort mit dir!‹ So schrien sie durcheinander und packen mich an. Kaum vermag ich zu stammeln, dass ich solche grässliche Untat ja gar nicht hätte begehen können, und dass sie mich im Frieden ziehen lassen möchten. Da leuchtet mir einer ins Gesicht und ruft lachend: ›Das ist Olivier Brusson, der Goldschmiedsgeselle, der bei unserm ehrlichen, braven Meister René Cardillac arbeitet! – ja – der wird die Leute auf der Straße morden!, sieht mir recht danach aus – ist recht nach der Art der Mordbuben, dass sie beim Leichnam lamentieren und sich fangen lassen werden. – Wie war's Junge? – erzähle dreist.‹ ›Dicht vor mir‹, sprach ich, ›sprang ein Mensch auf den dort los, stieß ihn nieder und rannte blitzschnell davon, als ich laut aufschrie. Ich wollt doch sehen, ob der Niedergeworfene noch zu retten wäre.‹ ›Nein, mein Sohn‹, ruft einer von denen, die den Leichnam aufgehoben, ›der ist hin, durchs Herz, wie gewöhnlich, geht der Dolchstich.‹ ›Teufel‹, spricht ein anderer, ›kamen wir doch wieder zu spät wie vorgestern‹; damit entfernen sie sich mit dem Leichnam.

Wie mir zumute war, kann ich gar nicht sagen; ich fühlte mich an, ob nicht ein böser Traum mich necke, es war mir, als müsst ich nun gleich erwachen und mich wundern über das tolle Trugbild. – Cardillac – der Vater meiner Madelon, ein verruchter Mörder! – Ich war kraftlos auf die steinernen Stufen eines Hauses gesunken. Immer mehr und mehr dämmerte der Morgen herauf, ein Offizierhut, reich mit Federn geschmückt, lag vor mir auf dem Pflaster. Cardillacs blutige Tat, auf der Stelle begangen, wo ich saß, ging vor mir hell auf. Entsetzt rannte ich von dannen.

Ganz verwirrt, beinahe besinnungslos sitze ich in meiner Dachkammer, da geht die Tür auf und René Cardillac tritt herein. ›Um Christus willen!, was wollt Ihr?‹, schrie ich ihm entgegen. Er, das gar nicht achtend, kommt auf mich zu und lächelt mich an mit einer Ruhe und Leutseligkeit, die meinen innern Abscheu vermehrt. Er rückt einen alten, gebrechlichen Schemel heran und setzt sich zu mir, der ich nicht vermag, mich von dem Strohlager zu erheben, auf das ich mich geworfen. ›Nun Olivier‹, fängt er an, ›wie geht es dir, armer Junge? Ich habe mich in der Tat garstig übereilt, als ich dich aus dem Hause stieß, du fehlst mir an allen Ecken und Enden. Eben jetzt habe ich ein Werk vor, das ich ohne deine Hülfe gar nicht vollenden kann. Wie wär's, wenn du wieder in meiner Werkstatt arbeitetest? – Du schweigst? – Ja ich weiß, ich habe dich beleidigt. Nicht verhelen wollt' ich's dir, dass ich auf dich zornig war, wegen der Liebelei mit meiner Madelon. Doch recht überlegt habe ich mir das Ding nachher, und gefunden, dass bei deiner Geschicklichkeit, deinem Fleiß, deiner Treue ich mir keinen bessern Eidam wünschen kann als eben dich. Komm also mit mir und siehe zu, wie du Madelon zur Frau gewinnen magst.‹

Cardillacs Worte durchschnitten mir das Herz, ich erbebte vor seiner Bosheit, ich konnte kein Wort hervorbringen. ›Du zauderst‹, fuhr er nun fort mit scharfem Ton, indem seine funkelnden Augen mich durchbohren, ›du zauderst? – du kannst vielleicht heute noch nicht mit mir kommen, du hast andere Dinge vor! – du willst vielleicht Desgrais besuchen, oder dich gar einführen lassen bei d'Argenson oder la Regnie. Nimm dich in Acht, Bursche, dass die Krallen, die du hervorlocken willst zu anderer Leute Verderben, dich nicht selbst fassen und zerreißen.‹ Da macht sich mein tief empörtes Gemüt plötzlich Luft. ›Mögen die‹, rufe ich, ›mögen die, die sich grässlicher Untat bewusst sind, jene Namen fühlen, die Ihr eben nanntet, ich darf das nicht – ich habe nichts mit ihnen zu schaffen.‹ ›Eigentlich‹, spricht Cardillac weiter, ›eigentlich, Olivier, macht es dir Ehre, wenn du bei mir arbeitest, bei mir, dem berühmtesten Meister seiner Zeit, überall hoch geachtet wegen seiner Treue und Rechtschaffenheit, sodass jede böse Verleumdung schwer zurückfallen würde auf das Haupt des Verleumders. – Was nun Madelon betrifft, so muss ich dir nur gestehen, dass du meine Nachgiebigkeit ihr allein verdankest. Sie liebt dich mit einer Heftigkeit, die ich dem zarten Kinde gar nicht zutrauen konnte. Gleich als du fort warst, fiel sie mir zu Füßen, umschlang meine Knie und gestand unter tausend Tränen, dass sie ohne dich nicht leben könne. Ich dachte, sie bilde sich das nur ein, wie es denn bei jungen verliebten Dingern zu geschehen pflegt, dass sie gleich sterben wollen, wenn das erste Milchgesicht sie freundlich angeblickt. Aber in der Tat, meine Madelon wurde siech und krank, und wie ich ihr denn das tolle Zeug ausreden wollte, rief sie hundert Mal deinen Namen. Was konnt ich endlich tun, wollt ich sie nicht verzweifeln lassen. Gestern Abend sagt ich ihr, ich willige in alles und werde dich heute holen. Da ist sie über Nacht aufgeblüht wie eine Rose, und harrt nun auf dich ganz außer sich vor Liebessehnsucht –‹ Mag es mir die ewige Macht des Himmels verzeihen, aber selbst weiß ich nicht, wie es geschah, dass ich plötzlich in Cardillacs Hause stand, dass Madelon laut aufjauchzend: ›Olivier – mein Olivier – mein Geliebter – mein Gatte‹ auf mich gestürzt, mich mit beiden Armen umschlang, mich fest an ihre Brust drückte, dass ich im Übermaß des höchsten Entzückens bei der Jungfrau und allen Heiligen schwor, sie nimmer, nimmer zu verlassen!«

Erschüttert von dem Andenken an diesen entscheidenden Augenblick musste Olivier innehalten. Die Scuderi, von Grausen erfüllt über die Untat eines Mannes, den sie für die Tugend, die Rechtschaffenheit selbst gehalten, rief: »Entsetzlich! – René Cardillac gehört zu der Mordbande, die unsere gute Stadt so lange zur Räuberhöhle machte?« »Was sagt Ihr, mein Fräulein«, sprach Olivier, »zur *Bande*? Nie hat es eine solche Bande gegeben. Cardillac *allein* war es, der mit verruchter Tätigkeit in der ganzen Stadt seine Schlachtopfer suchte und fand. Dass er es *allein* war, darin liegt die Sicherheit, womit er seine Streiche führte, die unüberwundene Schwierigkeit, dem Mörder auf die Spur zu kommen. – Doch lasst mich fortfahren, der Verfolg wird Euch die Geheimnisse des verruchtesten und zugleich unglücklichsten aller Menschen aufklären. – Die Lage, in der ich mich nun bei dem Meister befand, jeder mag *die* sich leicht denken. Der Schritt war geschehen, ich konnte nicht mehr zurück. Zuweilen war es mir, als sei ich selbst Cardillacs Mordgehülfe geworden, nur in Madelons Liebe vergaß ich die innere Pein, die mich quälte, nur bei ihr konnt es mir gelingen, jede äußere Spur namenlosen Grams wegzutilgen. Arbeitete ich mit dem Alten in der Werkstatt, nicht ins Antlitz vermochte ich ihm zu schauen, kaum ein Wort zu reden vor dem Grausen, das mich durchbebte in der Nähe des entsetzlichen Menschen, der alle Tugenden des treuen, zärtlichen Vaters, des guten Bürgers erfüllte, während die Nacht seine Untaten verschleierte. Madelon, das fromme, engelsreine Kind, hing an ihm mit abgöttlicher Liebe. Das Herz durchbohrt' es mir, wenn ich daran dachte, dass, träfe einmal die Rache den verlarvten Bösewicht, sie ja, mit aller höllischen List des Satans getäuscht, der grässlichsten Verzweiflung unterliegen müsse. Schon das verschloss mir den Mund, und hätt ich den Tod des Verbrechers darum dulden müssen. Unerachtet ich aus den Reden der Marechaussee genug entnehmen konnte, waren mir Cardillacs Untaten, ihr Motiv, die Art, sie auszuführen, ein Rätsel: die Aufklärung blieb nicht lange aus. Eines Tages war Cardillac, der sonst meinen Abscheu erregend, bei der Arbeit in der heitersten Laune, scherzte und lachte, sehr ernst und in sich gekehrt. Plötzlich warf er das Geschmeide, woran er eben arbeitete, beiseite, dass Stein und Perlen auseinander rollten, stand heftig auf und sprach: ›Olivier! – es kann zwischen uns beiden nicht so bleiben, dies Verhältnis ist mir unerträglich. – Was der feinsten Schlauigkeit Desgrais' und seiner Spießgesellen nicht gelang zu entdecken, das spielte dir der Zufall in die Hände. Du hast mich geschaut in der nächtlichen Arbeit, zu der mich mein böser Stern treibt, kein Widerstand ist möglich. – Auch dein böser Stern war es, der dich mir folgen ließ, der dich in undurchdringliche Schleier hüllte, der deinem Fußtritt die Leichtigkeit gab, dass du unhörbar wandeltest wie das kleinste Tier, sodass ich, der ich in der tiefsten Nacht klar schaue wie der Tiger, der ich Straßen weit das kleinste Geräusch, das Sumsen der Mücke vernehme, dich nicht bemerkte. Dein böser Stern hat dich, meinen Gefährten, mir zugeführt. An Verrat ist, so wie du jetzt stehst, nicht mehr zu denken. Darum magst du alles wissen.‹ ›Nimmermehr werd ich dein Gefährte sein, heuchlerischer Bösewicht.‹ So wollt ich aufschreien, aber das innere Entsetzen, das mich bei Cardillacs Worten erfasst, schnürte mir die Kehle zu. Statt der Worte vermochte ich nur einen unverständigen Laut auszustoßen. Cardillac setzte sich wieder in seinen Arbeitsstuhl. Er trocknete sich den Schweiß von der Stirne. Er schien, von der Erinnerung des Vergangenen hart berührt, sich mühsam zu fassen. Endlich fing er an: ›Weise Männer sprechen viel von den seltsamen Eindrücken, deren Frauen in guter Hoffnung fähig sind, von dem wunderbaren Einfluss solch lebhaften, willenlosen Eindrucks von außen her auf das Kind. Von meiner Mutter erzählte man mir eine wunderliche Geschichte. Als *die* mit mir im ersten Monat schwanger ging, schaute sie mit andern Weibern einem glänzenden Hoffest zu, das in Trianon gegeben wurde. Da fiel ihr Blick auf einen Kavalier in spanischer Kleidung mit einer blitzenden Juwelenkette um den Hals, von der sie die Augen gar nicht mehr abwenden konnte. Ihr ganzes Wesen war Begierde nach den funkelnden Steinen, die ihr ein überirdisches Gut dünkten. Derselbe Kavalier hatte vor mehreren Jahren, als meine Mutter noch nicht verheiratet, ihrer Tugend nachgestellt, war aber mit Abscheu zurückgewiesen worden. Meine Mutter erkannte ihn wieder, aber jetzt war es ihr, als sei er im Glanz der strahlenden Diamanten ein Wesen höherer Art, der Inbegriff aller Schönheit. Der Kavalier bemerkte die sehnsuchtsvollen, feurigen Blicke meiner Mutter. Er glaubte jetzt glücklicher zu sein als vormals. Er wusste sich ihr zu nähern, noch mehr, sie von ihren Bekannten fort an einen einsamen Ort zu locken. Dort schloss er sie brünstig in seine Arme, meine Mutter fasste nach der schönen Kette, aber in demselben Augenblick sank er nieder und riss meine Mutter mit sich zu Boden. Sei es, dass ihn der Schlag plötzlich getroffen, oder aus einer andern Ursache; genug, er war tot. Vergebens war das Mühen meiner Mutter, sich den im Todeskrampf erstarrten Armen des Leichnams zu entwinden. Die hohlen Augen, deren Sehkraft erloschen, auf sie gerichtet, wälzte der Tote sich mit ihr auf dem Boden. Ihr gellendes Hülfsgeschrei drang endlich bis zu in der Ferne Vorübergehenden, die herbeieilten und sie retteten aus den Armen des grausigen Liebhabers. Das Entsetzen warf meine Mutter auf ein schweres Krankenlager. Man gab sie, mich verloren, doch sie gesundete und die Entbindung war glücklicher, als man je hatte hoffen können. Aber die Schrecken jenes fürchterlichen Augenblicks hatten *mich* getroffen. Mein böser Stern war aufgegangen und hatte den Funken hinabgeschossen, der in mir eine der seltsamsten und verderblichsten Leidenschaften entzündet. Schon in der frühesten Kindheit gingen mir glänzende Diamanten, goldenes Geschmeide über alles. Man hielt das für gewöhnliche kindische Neigung. Aber es zeigte sich anders, denn als Knabe stahl ich Gold und Juwelen, wo ich sie habhaft werden konnte. Wie der geübteste Kenner unterschied ich aus Instinkt unechtes Geschmeide von echtem. Nur dieses lockte mich, unechtes sowie geprägtes Gold ließ ich unbeachtet liegen. Den grausamsten Züchtigungen des Vaters musste die angeborne Begierde weichen. Um nur mit Gold und edlen Steinen hantieren zu können, wandte ich mich zur Goldschmiedsprofession. Ich arbeitete mit Leidenschaft und wurde bald der erste Meister dieser Art. Nun begann eine Periode, in der der angeborne Trieb, so lange niedergedrückt, mit Gewalt empordrang und mit Macht wuchs, alles um sich her wegzehrend. Sowie ich ein Geschmeide gefertigt und abgeliefert, fiel ich in eine Unruhe, in eine Trostlosigkeit, die mir Schlaf, Gesundheit – Lebensmut raubte. – Wie ein Gespenst stand Tag und Nacht die Person, für die ich gearbeitet, mir vor Augen, geschmückt mit meinem Geschmeide, und eine Stimme raunte mir in die Ohren: ›Es ist ja dein – es ist ja dein – nimm es doch – was sollen die Diamanten dem Toten!‹ – Da legt ich mich endlich auf Diebeskünste. Ich hatte Zutritt in den Häusern der Großen, ich nützte schnell jede Gelegenheit, kein Schloss widerstand meinem Geschick und bald war der Schmuck, den ich gearbeitet, wieder in meinen Händen. – Aber nun vertrieb selbst das nicht meine Unruhe. Jene unheimliche Stimme ließ sich dennoch vernehmen und höhnte mich und rief: ›Ho ho, dein Geschmeide trägt ein Toter!‹ – Selbst wusste ich nicht, wie es kam, dass ich einen unaussprechlichen Hass auf die warf, denen ich Schmuck gefertigt. Ja!, im tiefsten Innern regte sich eine Mordlust gegen sie, vor der ich selbst erbebte. – In dieser Zeit kaufte ich dieses Haus. Ich war mit dem Besitzer handelseinig geworden, hier in diesem Gemach saßen wir erfreut über das geschlossene Geschäft beisammen, und tranken eine Flasche Wein. Es war Nacht worden, ich wollte aufbrechen, da sprach mein Verkäufer: ›Hört, Meister René, ehe Ihr fortgeht, muss ich Euch mit einem Geheimnis dieses Hauses bekannt machen.‹ Darauf schloss er jenen in die Mauer eingeführten Schrank auf, schob die Hinterwand fort, trat in ein kleines Gemach, bückte sich nieder, hob eine Falltür auf. Eine steile, schmale Treppe stiegen wir hinab, kamen an ein schmales Pförtchen, das er aufschloss, traten hinaus in den freien Hof. Nun schritt der alte Herr, mein Verkäufer, hinan an die Mauer, schob an einem nur wenig hervorragenden Eisen, und alsbald drehte sich ein Stück Mauer los, sodass ein Mensch bequem durch die Öffnung schlüpfen und auf die Straße gelangen konnte. Du magst einmal das Kunststück sehen, Olivier, das wahrscheinlich schlaue Mönche des Klosters, welches ehemals hier lag, fertigen ließen, um heimlich aus und ein schlüpfen zu können. Es ist ein Stück Holz, nur von außen gemörtelt und getüncht, in das von außen her eine Bildsäule, auch nur von Holz, doch ganz wie Stein, eingefügt ist, welches sich mitsamt der Bildsäule auf verborgenen Angeln dreht. – Dunkle Gedanken stiegen in mir auf, als ich diese Einrichtung sah, es war mir, als sei vorgearbeitet solchen Taten, die mir selbst noch Geheimnis blieben. Eben hatt ich einem Herrn vom Hofe einen reichen Schmuck abgeliefert, der, ich weiß es, einer Operntänzerin bestimmt war. Die Todesfolter blieb nicht aus – das Gespenst hing sich an meine Schritte – der lispelnde Satan an mein Ohr! – Ich zog ein in das Haus. In blutigem Angstschweiß gebadet, wälzte ich mich schlaflos auf dem Lager! Ich seh im Geiste den Menschen zu der Tänzerin schleichen mit meinem Schmuck. Voller Wut springe ich auf – werfe den Mantel um – steige herab die geheime Treppe – fort durch die Mauer nach der Straße Nicaise. – Er kommt, ich falle über ihn her, er schreit auf, doch von hinten festgepackt stoße ich ihm den Dolch ins Herz – der Schmuck ist mein! – Dies getan fühlte ich eine Ruhe, eine Zufriedenheit in meiner Seele, wie sonst niemals. Das Gespenst war verschwunden, die Stimme des Satans schwieg. Nun wusste ich, was mein böser Stern wollte, ich musst ihm nachgeben oder untergehen! – Du begreifst jetzt mein ganzes Tun und Treiben, Olivier! – Glaube nicht, dass ich darum, weil ich tun muss, was ich nicht lassen kann, jenem Gefühl des Mitleids, des Erbarmens, was in der Natur des Menschen bedingt sein soll, rein entsagt habe. Du weißt, wie schwer es mir wird, einen Schmuck abzuliefern; wie ich für manche, deren Tod ich nicht will, gar nicht arbeite, ja wie ich sogar, weiß ich, dass am morgenden Tage Blut mein Gespenst verbannen wird, heute es bei einem tüchtigen Faustschlage bewenden lasse, der den Besitzer meines Kleinods zu Boden streckt, und mir dieses in die Hand liefert.‹ – Dies alles gesprochen, führte mich Cardillac in das geheime Gewölbe und gönnte mir den Anblick seines Juwelenkabinetts. Der König besitzt es nicht reicher. Bei jedem Schmuck war auf einem kleinen, daran gehängten Zettel genau bemerkt, für wen es gearbeitet, wann es durch Diebstahl, Raub oder Mord genommen worden. ›An deinem Hochzeitstage‹, sprach Cardillac dumpf und feierlich, ›an deinem Hochzeitstage, Olivier, wirst du mir, die Hand gelegt auf des gekreuzigten Christus Bild, einen heiligen Eid schwören, sowie ich gestorben, alle diese Reichtümer in Staub zu vernichten durch Mittel, die ich dir dann bekannt machen werde. Ich will nicht, dass irgendein menschlich Wesen, und am wenigsten Madelon und du, in den Besitz des mit Blut erkauften Horts komme.‹ Gefangen in diesem Labyrinth des Verbrechens, zerrissen von Liebe und Abscheu, von Wonne und Entsetzen, war ich dem Verdammten zu vergleichen, dem ein holder Engel mild lächelnd hinaufwinkt, aber mit glühenden Krallen festgepackt hält ihn der Satan, und des frommen Engels Liebeslächeln, in dem sich alle Seligkeit des hohen Himmels abspiegelt, wird ihm zur grimmigsten seiner

Qualen. – Ich dachte an Flucht – ja an Selbstmord – aber Madelon! – Tadelt mich, tadelt mich, mein würdiges Fräulein, dass ich zu schwach war, mit Gewalt eine Leidenschaft niederzukämpfen, die mich an das Verbrechen fesselte; aber büße ich nicht dafür mit schmachvollem Tode? – Eines Tages kam Cardillac nach Hause ungewöhnlich heiter. Er liebkoste Madelon, warf mir die freundlichsten Blicke zu, trank bei Tische eine Flasche edlen Weins, wie er es nur an hohen Fest- und Feiertagen zu tun pflegte, sang und jubilierte. Madelon hatte uns verlassen, ich wollte in die Werkstatt: ›Bleib sitzen, Junge‹, rief Cardillac, ›heut keine Arbeit mehr, lass uns noch eins trinken auf das Wohl der allerwürdigsten, vortrefflichsten Dame in Paris.‹ Nachdem ich mit ihm angestoßen und er ein volles Glas geleert hatte, sprach er: ›Sag an, Olivier! wie gefallen dir die Verse:

> Un amant qui craint les voleurs
> n'est point digne d'amour!‹

Er erzählte nun, was sich in den Gemächern der Maintenon mit Euch und dem Könige begeben und fügte hinzu, dass er Euch von jeher verehrt habe, wie sonst kein menschliches Wesen, und dass Ihr, mit solch hoher Tugend begabt, vor der der böse Stern kraftlos erbleiche, selbst den schönsten von ihm gefertigten Schmuck tragend, niemals ein böses Gespenst, Mordgedanken in ihm erregen würdet. ›Höre, Olivier‹, sprach er, ›wozu ich entschlossen. Vor langer Zeit sollt ich Halsschmuck und Armbänder fertigen für Henriette von England und selbst die Steine dazu liefern. Die Arbeit gelang mir wie keine andere, aber es zerriss mir die Brust, wenn ich daran dachte, mich von dem Schmuck, der mein Herzenskleinod geworden, trennen zu müssen. Du weißt der Prinzessin unglücklichen Tod durch Meuchelmord. Ich behielt den Schmuck und will ihn nun als ein Zeichen meiner Ehrfurcht, meiner Dankbarkeit dem Fräulein von Scuderi senden im Namen der verfolgten Bande. – Außerdem, dass die Scuderi das sprechende Zeichen ihres Triumphs erhält, verhöhne ich auch Desgrais und seine Gesellen, wie sie es verdienen. – Du sollst ihr den Schmuck hintragen.‹ Sowie Cardillac Euern Namen nannte, Fräulein, war es, als würden schwarze Schleier weggezogen, und das schöne, lichte Bild meiner glücklichen frühen Kinderzeit ginge wieder auf in bunten, glänzenden Farben. Es kam ein wunderbarer Trost in meine Seele, ein Hoffnungsstrahl, vor dem die finstern Geister schwanden. Cardillac mochte den Eindruck, den seine Worte auf mich gemacht, wahrnehmen und nach seiner Art deuten. ›Dir scheint‹, sprach er, ›mein Vorhaben zu behagen. Gestehen kann ich wohl, dass eine tief innere Stimme, sehr verschieden von der, welche Blutopfer verlangt wie ein gefräßiges Raubtier, mir befohlen hat, dass ich solches tue. – Manchmal wird mir wunderlich im Gemüte – eine innere Angst, die Furcht vor irgendetwas Entsetzlichem, dessen Schauer aus einem fernen Jenseits herüber wehen in die Zeit, ergreift mich gewaltsam. Es ist mir dann sogar, als ob das, was der böse Stern begonnen durch mich, meiner unsterblichen Seele, die daran keinen Teil hat, zugerechnet werden könne. In solcher Stimmung beschloss ich, für die heilige Jungfrau in der Kirche St. Eustache eine schöne Diamantenkrone zu fertigen. Aber jene unbegreifliche Angst überfiel mich stärker, sooft ich die Arbeit beginnen wollte, da unterließ ich's ganz. Jetzt ist es mir, als wenn ich der Tugend und Frömmigkeit selbst demutsvoll ein Opfer bringe und wirksame Fürsprache erflehe, indem ich der Scuderi den schönsten Schmuck sende, den ich jemals gearbeitet.‹ – Cardillac, mit Eurer ganzen Lebensweise, mein Fräulein, auf das Genaueste bekannt, gab mir nun Art und Weise sowie die Stunde an, wie und wann ich den Schmuck, den er in ein sauberes Kästchen schloss, abliefern solle. Mein ganzes Wesen war Entzücken, denn der Himmel selbst zeigte mir durch den frevelichen Cardillac den Weg, mich zu retten aus der Hölle, in der ich, ein verstoßener Sünder, schmachte. So dacht ich. Ganz gegen Cardillacs Willen wollt ich bis zu Euch dringen. Als Anne Brussons Sohn, als Euer Pflegling gedacht ich, mich Euch zu Füßen zu werfen und Euch alles – alles zu entdecken. Ihr hättet, gerührt von dem namenlosen Elend, das der armen, unschuldigen Madelon drohte bei der Entdeckung, das Geheimnis beachtet, aber Euer hoher, scharfsinniger Geist fand gewiss sichre Mittel, ohne jene Entdeckung der verruchten Bosheit Cardillacs zu steuern. Fragt mich nicht, worin diese Mittel hätten bestehen sollen, ich weiß es nicht – aber dass Ihr Madelon und mich retten würdet, davon lag die Überzeugung fest in meiner Seele, wie der Glaube an die trostreiche Hülfe der heiligen Jungfrau. – Ihr wisst, Fräulein, dass meine Absicht in jener Nacht fehlschlug. Ich verlor nicht die Hoffnung, ein andermal glücklicher zu sein. Da geschah es, dass Cardillac plötzlich alle Munterkeit verlor. Er schlich trübe umher, starrte vor sich hin, murmelte unverständliche Worte, focht mit den Händen, Feindliches von sich abwehrend, sein Geist schien gequält von bösen Gedanken. So hatte er es einen ganzen Morgen getrieben. Endlich setzte er sich an den Werktisch, sprang unmutig wieder auf, schaute durchs Fenster, sprach ernst und düster: ›Ich wollte doch, Henriette von England hätte meinen Schmuck getragen!‹ – Die Worte erfüllten mich mit Entsetzen. Nun wusst ich, dass sein irrer Geist wieder erfasst war von dem abscheulichen Mordgespenst, dass des Satans Stimme wieder laut worden vor seinen Ohren. Ich sah Euer Leben bedroht von dem verruchten Mordteufel. Hatte Cardillac nur seinen Schmuck wieder in Händen, so wart Ihr gerettet. Mit jedem Augenblick wuchs die Gefahr. Da begegnete ich Euch auf dem Pontneuf, drängte mich an Eure Kutsche, warf Euch jenen Zettel zu, der Euch beschwor, doch nur gleich den erhaltenen Schmuck in Cardillacs Hände zu bringen. Ihr kamt nicht. Meine Angst stieg bis zur Verzweiflung, als andern Tages Cardillac von nichts anderm sprach, als von dem köstlichen Schmuck, der ihm in der Nacht vor Augen gekommen. Ich konnte das nur auf Euern Schmuck deuten, und es wurde mir gewiss, dass er über irgendeinen Mordanschlag brüte, den er gewiss schon in der Nacht auszuführen sich vorgenommen. Euch retten musst ich, und soll' es Cardillacs Leben kosten. Sowie Cardillac nach dem Abendgebet sich wie gewöhnlich eingeschlossen, stieg ich durch ein Fenster in den Hof, schlüpfte durch die Öffnung in der Mauer und stellte mich unfern in den tiefen Schatten. Nicht lange dauerte es, so kam Cardillac heraus und schlich leise durch die Straße fort. Ich hinter ihm her. Es ging nach der Straße St. Honoré, mir bebte das Herz. Cardillac war mit einem Mal mir entschwunden. Ich beschloss, mich an Eure Haustüre zu stellen. Da kommt singend und trillernd, wie damals, als der Zufall mich zum Zuschauer von Cardillacs Mordtat machte, ein Offizier bei mir vorüber, ohne mich zu gewahren. Aber in demselben Augenblick springt eine schwarze Gestalt hervor und fällt über ihn her. Es ist Cardillac. Diesen Mord will ich hindern, mit einem lauten Schrei bin ich in zwei – drei Sätzen zur Stelle – Nicht der Offizier – Cardillac sinkt zum Tode getroffen röchelnd zu Boden. Der Offizier lässt den Dolch fallen, reißt den Degen aus der Scheide, stellt sich, wähnend ich sei des Mörders Geselle, kampffertig mir entgegen, eilt aber schnell davon, als er gewahrt, dass ich, ohne mich um ihn zu kümmern, nur den Leichnam untersuche. Cardillac lebte noch. Ich lud ihn, nachdem ich den Dolch, den der Offizier hatte fallen lassen, zu mir gesteckt, auf die Schultern und schleppte ihn mühsam fort nach Hause, und durch den geheimen Gang hinauf in die Werkstatt. – Das Übrige ist Euch bekannt. Ihr seht, mein würdiges Fräulein, dass mein einziges Verbrechen nur darin besteht, dass ich Madelons Vater nicht den Gerichten verriet und so seinen Untaten ein Ende machte. Rein bin ich von jeder Blutschuld. – Keine Marter wird mir das Geheimnis von Cardillacs Untaten abzwingen. Ich will nicht, dass der ewigen Macht, die der tugendhaften Tochter des Vaters grässliche Blutschuld verschleierte, zum Trotz, das ganze Elend der Vergangenheit, ihres ganzen Seins noch jetzt tötend auf sie einbreche, dass noch jetzt die weltliche Rache den Leichnam aufwühle aus der Erde, die ihn deckt, dass noch jetzt der Henker die vermoderten Gebeine mit Schande brandmarke. – Nein! – mich wird die Geliebte meiner Seele beweinen als den unschuldig Gefallenen, die Zeit wird ihren Schmerz lindern, aber unüberwindlich würde der Jammer sein über des geliebten Vaters entsetzliche Taten der Hölle!« –

Olivier schwieg, aber nun stürzte plötzlich ein Tränenstrom aus seinen Augen, er warf sich der Scuderi zu Füßen und flehte: »Ihr seid von meiner Unschuld überzeugt – gewiss Ihr seid es! – Habt Erbarmen mit mir, sagt, wie steht es um Madelon?« – Die Scuderi rief der Martiniere, und nach wenigen Augenblicken flog Madelon an Oliviers Hals. »Nun ist alles gut, da du hier bist – ich wusst es ja, dass die edelmütigste Dame dich retten würde!« So rief Madelon einmal über das andere, und Olivier vergaß sein Schicksal, alles was ihm drohte, er war frei und selig. Auf das Rührendste klagten beide sich, was sie umeinander gelitten, und umarmten sich dann aufs Neue und weinten vor Entzücken, dass sie sich wiedergefunden.

Wäre die Scuderi nicht von Oliviers Unschuld schon überzeugt gewesen, der Glaube daran müsste ihr jetzt gekommen sein, da sie die beiden betrachtete, die in der Seligkeit des innigsten Liebesbündnisses die Welt vergaßen und ihr Elend und ihr namenloses Leiden. »Nein«, rief sie, »solch seliger Vergessenheit ist nur ein reines Herz fähig.«

Die hellen Strahlen des Morgens brachen durch die Fenster. Desgrais klopfte leise an die Türe des Gemachs und erinnerte, dass es Zeit sei, Olivier Brusson fortzuschaffen, da ohne Aufsehen zu erregen das später nicht geschehen könne. Die Liebenden mussten sich trennen. –

Die dunklen Ahnungen, von denen der Scuderi Gemüt befangen seit Brussons erstem Eintritt in ihr Haus, hatten sich nun zum Leben gestaltet auf furchtbare Weise. Den Sohn ihrer geliebten Anne sah sie schuldlos verstrickt auf eine Art, dass ihn vom schmachvollen Tod zu retten kaum denkbar schien. Sie ehrte des Jünglings Heldensinn, der lieber schuldbeladen sterben, als ein Geheimnis verraten wollte, das seiner Madelon den Tod bringen musste. Im ganzen Reiche der Möglichkeit fand sie kein Mittel, den Ärmsten dem grausamen Gerichtshofe zu entreißen. Und doch stand es fest in ihrer Seele, dass sie kein Opfer scheuen müsse, das himmelschreiende Unrecht abzuwenden, das man zu begehen im Begriffe war. – Sie quälte sich ab mit allerlei Entwürfen und Plänen, die bis an das Abenteuerliche streiften, und die sie ebenso schnell verwarf als auffasste. Immer mehr verschwand jeder Hoffnungsschimmer, sodass sie verzweifeln wollte. Aber Madelons unbedingtes, frommes kindliches Vertrauen, die Verklärung, mit der sie von dem Geliebten sprach, der nun bald, freigesprochen von jeder Schuld, sie als Gattin umarmen werde, richtete die Scuderi in eben dem Grad wieder auf, als sie davon bis tief ins Herz gerührt wurde.

Um nun endlich etwas zu tun, schrieb die Scuderi an la Regnie einen langen Brief, worin sie ihm sagte, dass Olivier Brusson ihr auf die glaubwürdigste Weise seine völlige Unschuld an Cardillacs Tode dargetan habe, und dass nur der heldenmütige Entschluss, ein Geheimnis in das Grab zu nehmen, dessen Enthüllung die Unschuld und Tugend selbst verderben würde, ihn zurückhalte, dem Gericht ein Geständnis abzulegen, das ihn von dem entsetzlichen Verdacht nicht allein, dass er Cardillac ermordet, sondern dass er auch zur Bande verruchter Mörder gehöre, befreien müsse. Alles was glühender

Eifer, was geistvolle Beredsamkeit vermag, hatte die Scuderi aufgeboten, la Regnies hartes Herz zu erweichen. Nach wenigen Stunden antwortete la Regnie, wie es ihn herzlich freue, wenn Olivier Brusson sich bei seiner hohen, würdigen Gönnerin gänzlich gerechtfertigt habe. Was Oliviers heldenmütigen Entschluss betreffe, ein Geheimnis, das sich auf die Tat beziehe, mit ins Grab nehmen zu wollen, so tue es ihm leid, dass die Chambre ardente dergleichen Heldenmut nicht ehren könne, denselben vielmehr durch die kräftigsten Mittel zu brechen suchen müsse. Nach drei Tagen hoffe er in dem Besitz des seltsamen Geheimnisses zu sein, das wahrscheinlich geschehene Wunder an den Tag bringen werde.

Nur zu gut wusste die Scuderi, was der fürchterliche la Regnie mit jenen Mitteln, die Brussons Heldenmut brechen sollten, meinte. Nun war es gewiss, dass die Tortur über den Unglücklichen verhängt war. In der Todesangst fiel der Scuderi endlich ein, dass, um nur Aufschub zu erlangen, der Rat eines Rechtsverständigen dienlich sein könne. Pierre Arnaud d'Andilly war damals der berühmteste Advokat in Paris. Seiner tiefen Wissenschaft, seinem umfassenden Verstande war seine Rechtschaffenheit, seine Tugend gleich. Zu dem begab sich die Scuderi und sagte ihm alles, so weit es möglich war, ohne Brussons Geheimnis zu verletzen. Sie glaubte, dass d'Andilly mit Eifer sich des Unschuldigen annehmen werde, ihre Hoffnung wurde aber auf das Bitterste getäuscht. D'Andilly hatte ruhig alles angehört und erwiderte dann lächelnd mit Boileaus Worten: »Le vrai peut quelque fois n'être pas vraisemblable.« – Er bewies der Scuderi, dass die auffallendsten Verdachtsgründe wider Brusson sprächen, dass la Regnies Verfahren keineswegs grausam und übereilt zu nennen, vielmehr ganz gesetzlich sei, ja dass er nicht anders handeln könne, ohne die Pflichten des Richters zu verletzen. Er, d'Andilly, selbst getraue sich nicht durch die geschickteste Verteidigung Brusson von der Tortur zu retten. Nur Brusson selbst könne das entweder durch aufrichtiges Geständnis oder wenigstens durch die genaueste Erzählung der Umstände bei dem Morde Cardillacs, die dann vielleicht erst zu neuen Ausmittelungen Anlass geben würden. »So werfe ich mich dem Könige zu Füßen, und flehe um Gnade«, sprach die Scuderi ganz außer sich mit von Tränen halb erstickter Stimme. »Tut das«, rief d'Andilly, »tut das um des Himmels willen nicht, mein Fräulein! – Spart Euch dieses letzte Hülfsmittel auf, das, schlug es einmal fehl, Euch für immer verloren ist. Der König wird nimmer einen Verbrecher der Art begnadigen, der bitterste Vorwurf des gefährdeten Volks würde ihn treffen. Möglich ist es, dass Brusson durch Entdeckung seines Geheimnisses oder sonst Mittel findet, den wider ihn streitenden Verdacht aufzuheben. Dann ist es Zeit, des Königs Gnade zu erflehen, der nicht darnach fragen, was vor Gericht bewiesen ist, oder nicht, sondern seine innere Überzeugung zu Rate ziehen wird.« – Die Scuderi musste dem tief erfahrnen d'Andilly notgedrungen beipflichten. – In tiefen Kummer versenkt, sinnend und sinnend, was um der Jungfrau und aller Heiligen willen sie nun anfangen solle, um den unglücklichen Brusson zu retten, saß sie am späten Abend in ihrem Gemach, als die Martiniere eintrat und den Grafen von Miossens, Obristen von der Garde des Königs, meldete, der dringend wünsche, das Fräulein zu sprechen. »Verzeiht«, sprach Miossens, indem er sich mit soldatischem Anstande verbeugte, »verzeiht, mein Fräulein, wenn ich Euch so spät, so zu ungelegener Zeit überlaufe. Wir Soldaten machen es nicht anders, und zudem bin ich mit zwei Worten entschuldigt. – Olivier Brusson führt mich zu Euch.« Die Scuderi, hochgespannt, was sie jetzt wieder erfahren werde, rief laut: »Olivier Brusson?, der unglücklichste aller Menschen? – was habt Ihr mit dem?« – »Dacht ich's doch«, sprach Miossens lächelnd weiter, »dass Eures Schützlings Namen hinreichen würde, mir bei Euch ein geneigtes Ohr zu verschaffen. Die ganze Welt ist von Brussons Schuld überzeugt. Ich weiß, dass Ihr eine andere Meinung hegt; die sich freilich nur auf die Beteurungen des Angeklagten stützen soll, wie man gesagt hat. Mit mir ist es anders. Niemand als ich kann besser überzeugt sein von Brussons Unschuld an dem Tode Cardillacs.« »Redet, o redet«, rief die Scuderi, indem ihr die Augen glänzten vor Entzücken. »Ich«, sprach Miossens mit Nachdruck, »ich war es selbst, der den alten Goldschmied niederstieß in der Straße St. Honoré unfern Eurem Hause.« »Um aller Heiligen willen, Ihr – Ihr!«, rief die Scuderi. »Und«, fuhr Miossens fort, »und ich schwöre es Euch, mein Fräulein, dass ich stolz bin auf meine Tat. Wisset, dass Cardillac der verruchteste, heuchlerischste Bösewicht, dass er es war, der in der Nacht heimtückisch mordete und raubte, und so lange allen Schlingen entging. Ich weiß selbst nicht, wie es kam, dass ein innerer Verdacht sich in mir gegen den alten Bösewicht regte, als er voll sichtlicher Unruhe den Schmuck brachte, den ich bestellt, als er sich genau erkundigte, für wen ich den Schmuck bestimmt, und als er auf recht listige Art meinen Kammerdiener ausgefragt hatte, wenn ich eine gewisse Dame zu besuchen pflege. – Längst war es mir aufgefallen, dass die unglücklichen Schlachtopfer der abscheulichsten Raubgier alle dieselbe Todeswunde trugen. Es war mir gewiss, dass der Mörder auf den Stoß, der augenblicklich töten musste, eingeübt war und darauf rechnete. Schlug der fehl, so galt es den gleichen Kampf. Dies ließ mich eine Vorsichtsmaßregel brauchen, die so einfach ist, dass ich nicht begreife, wie andere nicht längst darauf fielen und sich retteten von dem bedrohlichen Mordwesen. Ich trug einen leichten Brustharnisch unter der Weste. Cardillac fiel mich von hinten an. Er umfasste mich mit Riesenkraft, aber der sicher geführte Stoß glitt ab an dem Eisen. In demselben Augenblick entwand ich mich ihm, und stieß ihm den Dolch, den ich in Bereitschaft hatte, in die Brust.« »Und Ihr schwiegt«, fragte die Scuderi,

»Ihr zeigtet den Gerichten nicht an, was geschehen?« »Erlaubt«, sprach Miossens weiter, »erlaubt, mein Fräulein, zu bemerken, dass eine solche Anzeige mich, wo nicht geradezu ins Verderben, doch in den abscheulichsten Prozess verwickeln konnte. Hätte la Regnie, überall Verbrechen witternd, mir's denn geradehin geglaubt, wenn ich den rechtschaffenen Cardillac, das Muster aller Frömmigkeit und Tugend, des versuchten Mordes angeklagt? Wie wenn das Schwert der Gerechtigkeit seine Spitze wider mich selbst gewandt?« »Das war nicht möglich«, rief die Scuderi, »Eure Geburt – Euer Stand« – »O«, fuhr Miossens fort, »denkt doch an den Marschall von Luxemburg, den der Einfall, sich von le Sage das Horoskop stellen zu lassen, in den Verdacht des Giftmordes und in die Bastille brachte. Nein, beim St. Dionys, nicht eine Stunde Freiheit, nicht meinen Ohrzipfel geb ich preis dem rasenden la Regnie, der sein Messer gern an unserer aller Kehlen setzte.« »Aber so bringt Ihr ja den unschuldigen Brusson aufs Schafott?«, fiel ihm die Scuderi ins Wort. »Unschuldig«, erwiderte Miossens, »unschuldig, mein Fräulein, nennt Ihr des verruchten Cardillacs Spießgesellen? – der ihm beistand in seinen Taten? der den Tod hundert Mal verdient hat? – Nein in der Tat, *der* blutet mit Recht, und dass ich Euch, mein hochverehrtes Fräulein, den wahren Zusammenhang der Sache entdeckte, geschah in der Voraussetzung, dass Ihr, ohne mich in die Hände der Chambre ardente zu liefern, doch mein Geheimnis auf irgendeine Weise für Euren Schützling zu nützen verstehen würdet.«

Die Scuderi, im Innersten entzückt, ihre Überzeugung von Brussons Unschuld auf solch entscheidende Weise bestätigt zu sehen, nahm gar keinen Anstand, dem Grafen, der Cardillacs Verbrechen ja schon kannte, alles zu entdecken und ihn aufzufordern, sich mit ihr zu d'Andilly zu begeben. *Dem* sollte unter dem Siegel der Verschwiegenheit alles entdeckt werden, *der* solle dann Rat erteilen, was nun zu beginnen.

D'Andilly, nachdem die Scuderi ihm alles auf das Genaueste erzählt hatte, erkundigte sich nochmals nach den geringfügigsten Umständen. Insbesondere fragte er den Grafen Miossens, ob er auch die feste Überzeugung habe, dass er von Cardillac angefallen, und ob er Olivier Brusson als denjenigen würde wiedererkennen können, der den Leichnam fortgetragen. »Außer dem«, erwiderte Miossens, »dass ich in der mondhellen Nacht den Goldschmied recht gut erkannte, habe ich auch bei la Regnie selbst den Dolch gesehen, mit dem Cardillac niedergestoßen wurde. Es ist der meinige, ausgezeichnet durch die zierliche Arbeit des Griffs. Nur einen Schritt von ihm stehend gewahrte ich alle Züge des Jünglings, dem der Hut vom Kopf gefallen, und würde ihn allerdings wieder erkennen können.«

D'Andilly sah schweigend einige Augenblicke vor sich nieder, dann sprach er: »Auf gewöhnlichem Wege ist Brusson aus den Händen der Justiz nun ganz und gar nicht zu retten. Er will Madelons halber Cardillac nicht als Mordräuber nennen. Das mag er tun, denn selbst, wenn es ihm gelingen müsste, durch Entdeckung des heimlichen Ausgangs, des zusammengeraubten Schatzes dies nachzuweisen, würde ihn doch als Mitverbundenen der Tod treffen. Dasselbe Verhältnis bleibt stehen, wenn der Graf Miossens die Begebenheit mit dem Goldschmied, wie sie wirklich sich zutrug, den Richtern entdecken sollte. *Aufschub* ist das Einzige, wornach getrachtet werden muss. Graf Miossens begibt sich nach der Conciergerie, lässt sich Olivier Brusson vorstellen und erkennt ihn für den, der den Leichnam Cardillacs fortschaffte. Er eilt zu la Regnie und sagt: ›In der Straße St. Honoré sah ich einen Menschen niederstoßen, ich stand dicht neben dem Leichnam, als ein anderer hinzusprang, sich zum Leichnam niederbückte, ihn, da er noch Leben spürte, auf die Schultern lud und forttrug. In Olivier Brusson habe ich diesen Menschen erkannt.‹ Diese Aussage veranlasst Brussons nochmalige Vernehmung, Zusammenstellung mit dem Grafen Miossens. Genug, die Tortur unterbleibt und man forscht weiter nach. Dann ist es Zeit, sich an den König selbst zu wenden. Euerm Scharfsinn, mein Fräulein!, bleibt es überlassen, dies auf die geschickteste Weise zu tun. Nach meinem Dafürhalten würd es gut sein, dem Könige das ganze Geheimnis zu entdecken. Durch diese Aussage des Grafen Miossens werden Brussons Geständnisse unterstützt. Dasselbe geschieht vielleicht durch geheime Nachforschungen in Cardillacs Hause. Keinen Rechtsspruch, aber des Königs Entscheidung, auf inneres Gefühl, das da, wo der Richter strafen muss, Gnade ausspricht, gestützt, kann das alles begründen.« – Graf Miossens befolgte genau, was d'Andilly geraten, und es geschah wirklich, was dieser vorhergesehen.

Nun kam es darauf an, den König anzugehen, und dies war der schwierigste Punkt, da er gegen Brusson, den er allein für den entsetzlichen Raubmörder hielt, welcher so lange Zeit hindurch ganz Paris in Angst und Schrecken gesetzt hatte, solchen Abscheu hegte, dass er, nur leise erinnert an den berüchtigten Prozess, in den heftigsten Zorn geriet. Die Maintenon, ihrem Grundsatz, dem Könige nie von unangenehmen Dingen zu reden, getreu, verwarf jede Vermittlung, und so war Brussons Schicksal ganz in die Hand der Scuderi gelegt. Nach langem Sinnen fasste sie einen Entschluss ebenso schnell als sie ihn ausführt. Sie kleidete sich in eine schwarze Robe von schwerem Seidenzeug, schmückte sich mit Cardillacs köstlichem Geschmeide, hing einen langen, schwarzen Schleier über, und erschien so in den Gemächern der Maintenon zur Stunde, da eben der König zugegen. Die edle Gestalt des ehrwürdigen Fräuleins in diesem feierlichen Anzuge hatte eine Majestät, die tiefe Ehrfurcht erwecken musste selbst bei dem losen Volk, das gewohnt ist, in den Vorzimmern sein leichtsinnig nichts beachtendes Wesen zu treiben. Alles wich scheu zur Seite, und als sie nun eintrat, stand selbst der König ganz verwundert auf und kam ihr entgegen. Da blitzten ihm die köstlichen Diamanten des Halsbands, der Armbänder ins Auge und er rief: »Beim Himmel, das ist Cardillacs Geschmeide!« Und dann sich zur Maintenon wendend, fügte er mit anmutigem Lächeln hinzu: »Seht Frau Marquise, wie unsere schöne Braut um ihren Bräutigam trauert.« »Ei gnädiger Herr«, fiel die Scuderi wie den Scherz fortsetzend ein, »wie würd es ziemen einer schmerzerfüllten Braut, sich so glanzvoll zu schmücken? Nein, ich habe mich ganz losgesagt von diesem Goldschmied, und dächte nicht mehr an ihn, träte mir nicht manchmal das abscheuliche Bild, wie er ermordet dicht bei mir vorübergetragen wurde, vor Augen.« »Wie«, fragte der König, »wie! Ihr habt ihn gesehen, den armen Teufel?« Die Scuderi erzählte nun mit kurzen Worten, wie sie der Zufall (noch erwähnte sie nicht der Einmischung Brussons) vor Cardillacs Haus gebracht, als eben der Mord entdeckt worden. Sie schilderte Madelons wilden Schmerz, den tiefen Eindruck, den das Himmelskind auf sie gemacht, die Art, wie sie die Arme unter Zujauchzen des Volks aus Desgrais' Händen gerettet. Mit immer steigendem und steigendem Interesse begannen nun die Szenen mit la Regnie – mit Desgrais – mit Olivier Brusson selbst. Der König, hingerissen von der Gewalt des lebendigsten Lebens, das in der Scuderi Rede glühte, gewahrte nicht, dass von dem gehässigen Prozess des ihm abscheulichen Brussons die Rede war, vermochte nicht ein Wort hervorzubringen, konnte nur dann und wann mit einem Ausruf Luft machen der innern Bewegung. Ehe er sich's versah, ganz außer sich über das Unerhörte, was er erfahren und noch nicht vermögend alles zu ordnen, lag die Scuderi schon zu seinen Füßen und flehte um Gnade für Olivier Brusson. »Was tut Ihr«, brach der König los, indem er sie bei beiden Händen fasste und in den Sessel nötigte, »was tut Ihr, mein Fräulein! – Ihr überrascht mich auf seltsame Weise! – Das ist ja eine entsetzliche Geschichte! –

Wer bürgt für die Wahrheit der abenteuerlichen Erzählung Brussons?« Darauf die Scuderi: »Miossens' Aussage – die Untersuchung in Cardillacs Hause – innere Überzeugung – ach!, Madelons tugendhaftes Herz, das gleiche Tugend in dem unglücklichen Brusson erkannte!« – Der König, im Begriff, etwas zu erwidern, wandte sich auf ein Geräusch um, das an der Türe entstand. Louvois, der eben im andern Gemach arbeitete, sah hinein mit besorglicher Miene. Der König stand auf und verließ, Louvois folgend, das Zimmer. Beide, die Scuderi, die Maintenon hielten diese Unterbrechung für gefährlich, denn einmal überrascht, mochte der König sich hüten, in die gestellte Falle zum zweiten Mal zu gehen. Doch nach einigen Minuten trat der König wieder hinein, schritt rasch ein paar Mal im Zimmer auf und ab, stellte sich dann, die Hände über den Rücken geschlagen, dicht vor der Scuderi hin und sprach, ohne sie anzublicken, halb leise: »Wohl möcht ich Eure Madelon sehen!« – Darauf die Scuderi: »O mein gnädiger Herr, welches hohen – hohen Glücks würdigt Ihr das arme, unglückliche Kind – ach, nur Eures Winks bedurft es ja, die Kleine zu Euren Füßen zu sehen.« Und trippelte dann, so schnell sie es in den schweren Kleidern vermochte, nach der Tür und rief hinaus, der König wolle Madelon Cardillac vor sich lassen, und kam zurück und weinte und schluchzte vor Entzücken und Rührung. Die Scuderi hatte solche Gunst geahnet, und daher Madelon mitgenommen, die bei der Marquise Kammerfrau wartete mit einer kurzen Bittschrift in den Händen, die ihr d'Andilly aufgesetzt. In wenig Augenblicken lag sie sprachlos dem Könige zu Füßen. Angst – Bestürzung – scheue Ehrfurcht – Liebe und Schmerz – trieben der Armen rascher und rascher das siedende Blut durch alle Adern. Ihre Wangen glühten in hohem Purpur – die Augen glänzten von hellen Tränenperlen, die dann und wann hinabfielen durch die seidenen Wimpern auf den schönen Lilienbusen. Der König schien betroffen über die wunderbare Schönheit des Engelskinds. Er hob das Mädchen sanft auf, dann machte er eine Bewegung, als wolle er ihre Hand, die er gefasst, küssen. Er ließ sie wieder und schaute das holde Kind an mit tränenfeuchtem Blick, der von der tiefsten innern Rührung zeugte. Leise lispelte die Maintenon der Scuderi zu: »Sieht sie nicht der la Valliere ähnlich auf ein Haar, das kleine Ding? – Der König schwelgt in den süßesten Erinnerungen. Euer Spiel ist gewonnen.« – So leise dies auch die Maintenon sprach, doch schien es der König vernommen zu haben. Eine Röte überflog sein Gesicht, sein Blick streifte bei der Maintenon vorüber, er las die Supplik, die Madelon ihm überreicht, und sprach dann mild und gütig: »Ich will's wohl glauben, dass du, mein liebes Kind, von deines Geliebten Unschuld überzeugt bist, aber hören wir, was die Chambre ardente dazu sagt!« – Eine sanfte Bewegung mit der Hand verabschiedete die Kleine, die in Tränen verschwimmen wollte. – Die Scuderi gewahrte zu ihrem Schreck, dass die Erinnerung an die Valliere, so ersprießlich sie anfangs geschienen, des Königs Sinn geändert hatte, sowie die Maintenon den Namen genannt. Mocht es sein, dass der König sich auf unzarte Weise daran erinnert fühlte, dass er im Begriff stehe, das strenge Recht der Schönheit aufzuopfern, oder vielleicht ging es dem Könige wie dem Träumer, dem, hart angerufen, die schönen Zauberbilder, die er zu umfassen gedachte, schnell verschwinden. Vielleicht sah er nun nicht mehr seine Valliere vor sich, sondern dachte nur an die Sœur Louise de la miséricorde (der Valliere Klostername bei den Karmeliternonnen), die ihn peinigte mit ihrer Frömmigkeit und Buße. – Was war jetzt anders zu tun, als des Königs Beschlüsse ruhig abzuwarten.

Des Grafen Miossens Aussage vor der Chambre ardente war indessen bekannt geworden, und wie es zu geschehen pflegt, dass das Volk leicht getrieben wird von einem Extrem zum andern, so wurde derselbe, den man erst als den verruchtesten Mörder verfluchte und den man zu zerreißen drohte, noch ehe er die Blutbühne bestiegen, als unschuldiges Opfer einer barbarischen Justiz beklagt. Nun erst erinnerten sich die Nachbarsleute seines tugendhaften Wandels, der großen Liebe zu Madelon, der Treue, der Ergebenheit mit Leib und Seele, die er zu dem alten Goldschmied gehegt. – Ganze Züge des Volks erschienen oft auf bedrohliche Weise vor la Regnies Palast und schrien: »Gib uns Olivier Brusson heraus, er ist unschuldig«, und warfen wohl gar Steine nach den Fenstern, sodass la Regnie genötigt war, bei der Marechaussee Schutz zu suchen vor dem erzürnten Pöbel.

Mehrere Tage vergingen, ohne dass der Scuderi von Olivier Brussons Prozess nur das Mindeste bekannt wurde. Ganz trostlos begab sie sich zur Maintenon, die aber versicherte, dass der König über die Sache schweige, und es gar nicht geraten scheine, ihn daran zu erinnern. Fragte sie nun noch mit sonderbarem Lächeln, was denn die kleine Valliere mache? so überzeugte sich die Scuderi, dass tief im Innern der stolzen Frau sich ein Verdruss über eine Angelegenheit regte, die den reizbaren König in ein Gebiet locken konnte, auf dessen Zauber sie sich nicht verstand. Von der Maintenon konnte sie daher gar nichts hoffen.

Endlich mit d'Andillys Hülfe gelang es der Scuderi, auszukundschaften, dass der König eine lange geheime Unterredung mit dem Grafen Miossens gehabt. Ferner, dass Bontems, des Königs vertrautester Kammerdiener und Geschäftsträger in der Conciergerie gewesen, und mit Brusson gesprochen, dass endlich in einer Nacht eben derselbe Bontems mit mehreren Leuten in Cardillacs Hause gewesen und sich lange darin aufgehalten. Claude Patru, der Bewohner des untern Stocks, versicherte, die ganze Nacht habe es über seinem Kopfe gepoltert, und gewiss sei Olivier dabei gewesen, denn er habe seine Stimme genau erkannt. So viel war also gewiss, dass der König selbst dem wahren Zusammenhange der Sache nachforschen ließ, unbegreiflich blieb aber die lange Verzögerung des Beschlusses. La Regnie mochte alles aufbieten, das Opfer, das ihm entrissen werden sollte, zwischen den Zähnen festzuhalten. Das verdarb jede Hoffnung im Aufkeimen.

Beinahe ein Monat war vergangen, da ließ die Maintenon der Scuderi sagen, der König wünsche sie heute Abend in ihren, der Maintenon, Gemächern zu sehen.

Das Herz schlug der Scuderi hochauf, sie wusste, dass Brussons Sache sich nun entscheiden würde. Sie sagte es der armen Madelon, die zur Jungfrau, zu allen Heiligen inbrünstig betete, dass sie doch nur in dem König die Überzeugung von Brussons Unschuld erwecken möchten.

Und doch schien es, als habe der König die ganze Sache vergessen, denn wie sonst, weilend in anmutigen Gesprächen mit der Maintenon und der Scuderi, gedachte er nicht mit einer Silbe des armen Brussons. Endlich erschien Bontems, näherte sich dem Könige und sprach einige Worte so leise, dass beide Damen nichts davon verstanden. – Die Scuderi erbebte im Innern. Da stand der König auf, schritt auf die Scuderi zu und sprach mit leuchtenden Blicken: »Ich wünsche Euch Glück, mein Fräulein! – Euer Schützling, Olivier Brusson, ist frei!« – Die Scuderi, der die Tränen aus den Augen stürzten, keines Wortes mächtig, wollte sich dem Könige zu Füßen werfen. *Der* hinderte sie daran, sprechend: »Geht, geht! Fräulein, Ihr solltet Parlamentsadvokat sein und meine Rechtshändel ausfechten, denn, beim heiligen Dionys, Eurer Beredsamkeit widersteht niemand auf Erden. – Doch«, fügte er ernster hinzu, »doch, wen die Tugend selbst in Schutz nimmt, mag der nicht sicher sein vor jeder bösen Anklage, vor der Chambre ardente und allen Gerichtshöfen in der Welt!« – Die Scuderi fand nun Worte, die sich in den glühendsten Dank ergossen. Der König unterbrach sie, ihr ankündigend, dass in ihrem Hause sie selbst viel feurigerer Dank erwarte, als er von ihr fordern könne, denn wahrscheinlich umarme in diesem Augenblick der glückliche Olivier schon seine Madelon. »Bontems«, so schloss der König, »Bontems soll Euch tausend Louis auszahlen, die gebt in meinem Namen der Kleinen als Brautschatz. Mag sie ihren Brusson, der solch ein Glück gar nicht verdient, heiraten, aber dann sollen beide fort aus Paris. Das ist mein Wille.«

Die Martiniere kam der Scuderi entgegen mit raschen Schritten, hinter ihr her Baptiste, beide mit vor Freude glänzenden Gesichtern, beide jauchzend, schreiend: »Er ist hier – er ist frei! – o die lieben jungen Leute!« Das selige Paar stürzte der Scuderi zu Füßen. »O ich habe es ja gewusst, dass Ihr, Ihr allein mir den Gatten retten würdet«, rief Madelon. »Ach der Glaube an Euch, meine Mutter, stand ja fest in meiner Seele«, rief Olivier, und beide küssten der würdigen Dame die Hände und vergossen tausend heiße Tränen. Und dann umarmten sie sich wieder und beteuerten, dass die überirdische Seligkeit dieses Augenblicks alle namenlose Leiden der vergangenen Tage aufwiege; und schworen, nicht voneinander zu lassen bis in den Tod.

Nach wenigen Tagen wurden sie verbunden durch den Segen des Priesters. Wäre es auch nicht des Königs Wille gewesen, Brusson hätte doch nicht in Paris bleiben können, wo ihn alles an jene entsetzliche Zeit der Untaten Cardillacs erinnerte, wo irgendein Zufall das böse Geheimnis, nun noch mehreren Personen bekannt worden, feindselig enthüllen und sein friedliches Leben auf immer verstören konnte. Gleich nach der Hochzeit zog er, von den Segnungen der Scuderi begleitet, mit seinem jungen Weibe nach Genf. Reich ausgestattet durch Madelons Brautschatz, begabt mit seltner Geschicklichkeit in seinem Handwerk, mit jeder bürgerlichen Tugend, ward ihm dort ein glückliches, sorgenfreies

Leben. Ihm wurden die Hoffnungen erfüllt, die den Vater getäuscht hatten bis in das Grab hinein.

Ein Jahr war vergangen seit der Abreise Brussons, als eine öffentliche Bekanntmachung erschien, gezeichnet von Harloy de Chauvalon, Erzbischof von Paris, und von dem Parlamentsadvokaten Pierre Arnaud d'Andilly, des Inhalts, dass ein reuiger Sünder unter dem Siegel der Beichte, der Kirche einen reichen geraubten Schatz an Juwelen und Geschmeide übergeben. Jeder, dem etwa bis zum Ende des Jahres 1680 vorzüglich durch mörderischen Anfall auf öffentlicher Straße ein Schmuck geraubt worden, solle sich bei d'Andilly melden, und werde, treffe die Beschreibung des ihm geraubten Schmucks mit irgendeinem vorgefundenen Kleinod genau überein, und finde sonst kein Zweifel gegen die Rechtmäßigkeit des Anspruchs statt, den Schmuck wieder erhalten. – Viele, die in Cardillacs Liste als nicht ermordet, sondern bloß durch einen Faustschlag betäubt aufgeführt waren, fanden sich nach und nach bei dem Parlamentsadvokaten ein, und erhielten zu ihrem nicht geringen Erstaunen das ihnen geraubte Geschmeide zurück. Das Übrige fiel dem Schatz der Kirche zu St. Eustache anheim.